ノー・エンジェル

No Angel

Kayo Fumitsuki
文月加代

文芸社

目次

主な登場人物

クレア……主人公、十三歳の少女。
（特徴）……髪は金髪。瞳は緑。生まれつき体が弱く、発作を起こす症状有り。
（性格）……感性が鋭く、怖がり、優しい。
ユラ………翼のない天使。十四歳の少年。
（特徴）……白い衣を身にまとう。髪は茶色。瞳は澄んだ青。
（性格）……自分に正直に生きる。優しく平穏。二重人格者。
父と母……主人公の両親。父、四十六歳。母、三十九歳。二人とも獣医。留守がち。
レナード…執事。七十六歳。目が不自由。

これは私がまだ幼い頃に、祖母から聞いた天使の物語のほんの一部である。天使は至る所に存在した。人間の唯一の親友だった。それがある日、人間が天使を裏切ってしまった事で、天使と人間との間に、二つの世界を大きく隔てる壁が作られた。その壁は天使と人間との隔絶を意味した。天使は人間の裏切りを恐れ、人間は信じる心を失うにつれ、天使の存在を忘れていった。

この物語は今もなお人間と天使との間に受け継がれており、天使は本能的に人間を嫌悪している。

第一章　私がいた過去

廊下を歩く足音が段々と近づいてくる。この屋敷は静まりかえっている。物静かな彼の足音さえ、大粒の雨が屋根を叩く音のように自然と耳に響き渡る。その足音が部屋の前で止まると、〝トントン〟ドアを二度ノックする音が聞こえる。彼は静かにドアを開け、

「おはようございます。クレア様。」

と軽く頭を下げ挨拶をする。彼の低い声が部屋中に響き渡る頃、私はいつもベッドの上で窓の外をぼんやり眺めていた。虚ろなその目を彼に向けると、彼はベッドの横にある棚の上に朝食を置いていた。その光景は、昨日と何の変化もなく、まるでビデオを巻き戻し、同じ場面を繰り返し見ているようだ。興味を示すものが、私にないから…。テレビに映った映像がぼやけていようと、私は無言で見続ける。目に映るものに意味などない。リモコンを与えられれば、無感情に巻き戻しボタンを押し、そして不思議な程一定の間隔で再生ボタンを押す。それが、別に好きな場面でも、印象に残ったわけでもないのに、誰かが〝止まれ〟と言うまで、何度も繰り返し見続ける。まるで、そう動くようにプロ

グラムされた、ロボットのように…。

「今日は良いお天気ですね。どうでしょう、外へ散歩でもなされたら。」

晴れ渡った空を感じながらレナードが話しかける。レナードはこの屋敷の執事である。両親が仕事で家を留守にする事が多いため、私の面倒を見るよう雇われた、幼い頃からそばにいる、私の唯一の他人。

私は無言で外を眺め、うつむき、目を閉じる。返事のない私に、レナードは切ない表情を浮かべる。

三年前のあの出来事で、私は何かを失い、現在《いま》の私になった。

それまであった心の位置がずれてしまった時、私から目を背《そむ》けていた両親でさえ、部屋に入った瞬間に私の変化に気がついた。生気を失った私の目は、二人の声を奪うのに十分すぎるほどの衝撃だった。

理由を聞かない両親とは別に、レナードは私を理解しようとしてくれた。何があったのか、一体どういう事なのか。レナードの必死の問いかけに、私はじっとしたまま何かを見つめるだけだった。最後には、

「話したくないのなら、私は待ちます。クレア様が話して下さる、その日まで。」

黙りこんでいる私に呆れる事もなく、レナードは微笑んでそう言ってくれたのだ。そして今でも、待ち続けてくれている…。

どう言えば良かったのか？　自分が何故、死人のようにベッドの上で一つも動かず、笑うこともしなくなってしまったのか。何を考えているのかすら分からなくなっていた。大切にしていた心の地図を奪われた。その地図には、これからどう行くべきか、道が標《しる》されていたのに。自分が今どこに立っているのかさえ分からなくなった。レナードがそばにいてくれる時、話せる事なら話したかった。聞いて欲しかった…。

レナードは静かに部屋から出て行く。いつの日だってレナードのその後ろ姿は、私が声をかけるのを待っているように見える。一言私が、何でもいい、声をかけると、振り向き、そっと微笑んでくれる…。

あの時の気持ち…。今も私には語れない。今の私にあるものは、あの日の残像にすぎないのだから。そして私は窓の外を眺める。

三年前。

「分かる⁉　私が望んでいるのはコレだって‼」

広い野原の真ん中で、私は両腕を広げてそう叫んだ。

その頃私は自由を求めていた。


〝トントントン〟二人が私の部屋のドアをノックした。部屋に入ってくる二人はいつも正装をしていて、決まってこう言う。

「仕事に行って来る。ゆっくり休んでなさい。」

他に私に言える言葉はないように。お決まりのセリフだったから、上の空で聞いていても二人が何を言っているのか嫌でも分かった。仕事でほとんど家にいない二人は、傍《はた》から見れば仕事中心の人間。けれど本当はそうではなくて、私の心から目を反らしたい思いがあるからなのだ。私の目に映る外の景色に動きが失くなったことを知らなくても、私が望んでいるモノは知っている。その願いが叶えられない事を二人は知っているから、私の心を見ないように、仕事を逃げ場にした。そのうち二人は私から遠ざかっていった。

二人が帰って来るまでの間、私はレナードと二人っきりになるのだが、私はそのほうがよかった。大きな食卓に並ぶ一人分の食事。口にしない淋しさを、誰よりもレナードが分かってくれた。二人で食べたほうがおいしいからと、私の隣にそっと座ってくれた時、私の淋しさは消えた。大きく見えた食卓は、その日から意識しなくなった。レナードは一日中私の側にいて、私を〝独り〟にしなかった。レナードといれば、私は四六時中笑っていられた。


〝トントントン〟一週間後、二人はこの部屋のドアを再びノックした。部屋に入って来た二人の顔を見た拍子、私の心に暗雲が立ち込めた。動いていないはずの二人の口が急に動き出し、私に言った。

〝まさか外へ行ってないでしょうね？〟

〝バカな事はするな〟

〝私達を困らせたいのか〟

嘘でも、まるで真実のように。強迫観念が私の体を動けなくした。

〝私の体のせいなの？〟

私は何度か心の中で二人に尋ねた。本当に私が自由になれない理由がそこにあるのか…。そして全く別の声が聞こえた。

〝本当は私を愛してないからじゃないのか〟

その答が、もし〝ＹＥＳ〟だったらと思うと、怖くて理由など聞けなかった。二人に会えば、それまで意識しなかった些細なことも大きくなり、自分が病気である事を一時《ひととき》も意識せずにいられなくなる。


カゴの中の飛べない鳥。鎖につながれた犬。檻に閉じ込められた猛獣。何も感じていないと想ってるでしょ？　けど本当は心の底からいつだって叫んでるんだ。ただ聞こえないだけよ。そしていつだって踠《もが》いてる。自由を手にするために。私だって同じなんだ。

それは二人への反発だったのか、それとも自由を求める自然の行為だったのか、私は部屋のドアをバタンと閉めると廊下を走り抜け、外へ飛び出した。裸足のまま大地に立った時、私は無意識に泣き笑いした。二人に見つかるまでの時間、私は自由な世界を楽しんだ。同時に、二人にこの自由を奪われるのが怖くなった。

〝五分間の自由をあげよう〟。まるで誰かにそう言われて、私は自由を手にしているようだった。誰がその時間を計っているのか…。自由を楽しむ私を見て、誰かその時間を永遠に変えてはくれないだろうか…。

約束の時間になると、遠くで私の名前を呼ぶ二人の声が聞こえてきた。数秒でも猶予はなく、その時計は二人が持っていて、目を離すことなく、時を刻むのを見ていた。

捜し歩く二人の姿が見えた時、私はすっと木の陰に隠れた。けれど私の胸を打つ鼓動は次の瞬間強くなった。背後で私の名を呼ぶ二人の声が、解放感を、罪悪感に変えたから。自由でいたいと願ったこの行動が、利己的に見えたから。

せっかく手にした自由も、すぐに内省を迎えた。私の心に迫った、あの声のせいだった。

私はカゴの中へ戻った。

二人は私に気付き近づいて来る。二人との距離が縮まるにつれ、私の世界は小さく、そして狭くなっていった。私の表情は次第に強張っていき、目の前に迫り来る見えない敵をはね付けるように、

「自由でいたい…。」

私は強く叫んだ。

「私は自由でいたいの!!」

心の底から叫んだ私の最後の声だった。

ベッドで目を覚ますと、私の世界は変わっていた。それは部屋の中でも感じた。天井は高く思え、周りがやけに白く見えた。そして廊下の方から聞こえてくる誰かの声も…。

「発作の原因は極度の興奮でしょう。お嬢さんは精神が非常に不安定になっています。体はもちろん、心もゆっくり休ませる必要が…。」

その出来事は、この時すでに遠い過去になり、夢のような感覚だけが私の中に残っていた。発作を起こしたのも私でなく、他人のように感じていたから、その声が私の事を言っている意識を持てなかった。

二人が部屋に入って来ると、父はベッドの横にある椅子に座り私に言った。

「私達はお前を心配しているんだ。苦しめたいわけじゃない。お前の体を思ってのことだ。」

今まで一度だって、こんな事言ったりしなかった。二人の想いが少し見え始めた時、私はすでに二人のそんな想いさえ疑っていた。

それがもし本当なら、なぜ今まで口に出して言ってくれなかったのか…。

黙ったままの私に二人は最後に言った。

「お前のせいじゃない…。」

その言葉は私の中でそのままピリオドを打たなかった。確かに二人は、私を責めていた。

悪いのはお前の体でお前じゃない。そう思いたいのを、二人は隠し切れなかった。

私の心は持っていても仕方のないガラクタに変わり、自由を求めたり、叶えられない願い事をすることを、その日からしなくなった。


闇の中は、目を開いていても、まるで目を閉じているようだ。

このまま何も見えなくなってしまうんじゃないかという不安さえ脳裏をかすめる。

じっと目を開けていると、視界は次第にその暗さを弱くし、うっすらと徐々に、物体を浮かび上がらせていく。そうするともう不安は消えている。私は薄暗い天井を見つめながら、時計の針が時を刻む音を聞く。すると何かが動く物音がして、時の音は消え、私はその音の方を向く。そこには部屋中を歩き回る人の影があった。私は静かにベッドから起き上がる。

「誰…？」

私の声に影は動きを止める。しばらくじっとしていると、影は急にその場で笑い声を上げた。子供っぽい、無邪気な声…。この状況で、私は驚きや恐怖より、深い安堵を感じている。興味の代わりに無関心が根を張っていた私の心に、そうでないものが現れた。

影は笑い声を押し込め、私のほうへ近づいて来る。私は棚の上にある明りを灯し、近づいてくる影をじっと見つめる。影は徐々にその姿を浮かび上がらせる。そして私の前に静かに立ち止まると、何年も探し求めていたモノを見つけたように私を見つめ、

「やっと逢えた。」

とつぶやいた。

〝クレア、天使って知ってるかい？〟

私がまだ幼い頃に、祖母から聞いた話がふと思い出される。

〝彼らは白い衣で身をまとい、まるで人間のような姿、形をしているから、見た目では区別がつかない〟

祖母はたった一度の天使との出会いを真実だと信じていた。

〝じゃあ逢った時、天使だとわからないわ〟

そう言った私を祖母は愛しそうに見つめて言った。

〝わかるんじゃやなくて感じるんだ。ここでね〟

祖母は温かな手を私の小さな胸に当てた。

「一つ聞いていい？」

天使の声に私は現実に戻される。天使は長い間ずっと探していた答を求めるように私を見ていた。その瞳に見覚えがあったから、私は彼の問いを聞いた。

「歩くってどんな感じ？」

思わず私は彼の瞳を凝視する。彼を納得させられるだけの言葉は浮かばない。

私は彼の瞳から視線を反らした。そして、

「わからない…。」と答えた。その声はまるで他人の口から出た言葉のようだった。

私が天使に、〝空を飛ぶってどんな感じ？〟と尋ねれば、天使は易しい問題を解くように簡単に答えるだろう。自分が人間であることに、違和感を感じる。彼に何か指摘されそうに思えた。けれど彼は何も言わないで、私を見つめている。その青く澄んだ彼の瞳をもう一度見つめると、彼の瞳は私に〝嘘だ〟と言っていた。私はその瞳になぜかとまどった。

本当の事を話すなら、私は〝私のいた過去〟に戻らなければならない。閉ざした扉を開かなくてはならない。けれどそうする事は、再び私の心を殺すことになる。新たに傷が作られれば、二度目は一度目より傷は深く、立ち上がることさえ容易でなくなる…。

「目を閉じて。」と、彼は私をじっと見つめたまま言った。「なぜ…？」。聞き返した私に彼は少し微笑んで、「君に見せたいものがある。」と答えを返した。私の形がないのに何かに触れている気がした。ベッドの上にそっと置かれた、私の左手の指が一瞬ぴくりと動く。私は目を閉じた。すると彼は閉じた私の目を左手で隠し、そっと目を閉じる。そして私に言い聞かせるようにつぶやく。

「これが、外の世界…。」

突如目の前に映像が広がる。それは彼の記憶の中で、彼の目に映る世界の姿だった。良い夢に似ていて、自分から目を反らしたくなるモノは何一つ映し出されない。

出口のないトンネルの真ん中を、私は一人で歩いている。どうやってここへやって来たのか、いつから歩き始めているのか、謎に思う私と、それら全ての理由を知っている私がいる。ここは私が作り出した虚像の世界だと。だからトンネルに出口はなく、在るのは私だけなのだ。真実が明るみになると、私の気持ちは偽りきれなくなる。

彼が見せる、この世界に、私の欲しい自由が広がっている。私は手を、伸ばそうとした。

私はゆっくりと目を開ける。目の前から少しずつ彼の手が離れると、光が私の目を射る。彼は私の顔を見て、静かに微笑んでいた。

〝裏切ったりしないから、怖がらなくていいのだよ。信じたいのなら、信じていいのだよ。誰も、傷ついたりしないから…〟

あなたは昔、私が天使に会ったと話すと、感性が鋭く怖がりな私に、優しく話してくれました。相手の心を探ろうとする癖はその頃からで、私はその時出会った天使の心さえ疑った…。私の心の中に、いつも消せない疑惑があったから…。いつの日かきっと、私から離れていくという恐怖があった…。不安があった…。

私が天使に会った日、〝幻だ〟と言われる中、あなただけが私の話を信じてくれました。その時私は知ったんです。誰かに信じてもらえる事の喜びを。あなたが私を信じてくれていると感じる度、私も誰かを信じたいと心の底から願いました。一度でもいいから、恐怖や不安を無くして、誰かを信じ抜きたいと…。

あなたがもし、まだここにいるなら、一つだけ聞きたい…。あなたは私の何を信じたの？　その部分は、今の私にありますか？

第二章　モドる

「これは夢？」

「違うよ。どうして？」

「…かすんで見えない…。」─私はぼやけた自分の手を見つめつぶやく─。


「いい人だね。レナードって…。」

涼し気な表情で、天使は私に言った。

「レナード…？」

私は疑問詞でつぶやく。

レナードという名前に聞き覚えはあっても、その人物がまるで浮かんでこなかった。

内心、私は焦っている。

たとえ全てを忘れ、失っても、その人だけは、忘れちゃいけない気がした。

何か大切なモノを、どこかに置き忘れてる気がしたから…。

突然、〝彼女〟が、そんな私の力の抜けた腕を強くつかみ叫んだ。

「レナードを忘れるなんて！　そんな事させない！　そんなこと、絶対に許さないから!!」

正気を失って、まるで記憶喪失になったように、私の中からレナードが消えていくのを、〝彼女〟は拒み続けていた。

〝彼女〟が、そこまで感情的になる理由は…？

「レナードがいたから私は独りじゃなかったのよ…。」

〝彼女〟は悲しげに私に言った。その言葉の衝撃と共に、私は一瞬〝彼女〟に戻る。


大切なモノはちゃんと胸の奥にしまってるとでも思ってるの？

あなたの心の箱には鍵がかかってる。あなたが持っていたカギは、今私が持ってる。

覚えてる？　心の箱にはたくさんの思い出が詰まっていて、今にもあふれ出しそうになっていた。けれど今、その箱に中身はあるの…？

箱を開けて見ると、そこには何もなかった。空っぽの箱を見つめながら、〝彼女〟はただ立ち尽くしていた。私をこけにしようとすればできた。汚い言葉をはきかけ、私を傷つける事もできたのに、〝彼女〟は何も言わなかった。悲しみだけが包み込む、〝彼女〟の後ろ姿を見て、私は言い知れない孤独を感じた。


大切なモノを、今も大事にしてるのは、私のほうなんかじゃない！


〝彼女〟は涙を流し言った。

「どうして忘れられる…？　レナードは、私にとって唯一の…」

その先〝彼女〟が何を言いたいのか分かった。〝彼女〟はこう言いたかったんだ。

〝唯一の他人…のはずなのに、唯一私を理解してくれる者…〟

急激に、過去の記憶が甦《よみがえ》る。

「よろしくお願いします。」

そう言ってレナードは私に握手を求めた──六年前──。私はその時母の後ろにそっと隠れた。レナードの瞳に違和感を感じたからだ。レナードの白く濁った瞳を、私は瞬きもせずじっと見つめた。その頃からレナードには鋭い勘のようなものが働いていて、すぐに私の心を感じとった。そして怒りもせず、優しく私に教えてくれた。「私は目が見えないのです。」と。私が怖がらないように、レナードは目隠しをしようと言ってくれたが、私はそのままでいいと、その言葉を断った。


朝食が棚の上に置かれると、私は無言でレナードを見つめる。

天使が家にいる事は告げていなかった。それなのに──棚の上には二人分の料理が用意されている──。

「無口な人ね。」

レナードの事を母はそう言った。無口だけど、レナードは私が言って欲しい言葉をちゃんと言ってくれる。何も言わなくても、レナードは私の心を先読みして、いつでも私の心を満たしてくれた。それが嬉しくて、言葉にしなくても通じ合えるなんてすごいと思った。レナードを、誇りに思ったりもした。

けれど今、それが悲しく思える。

レナードが無口なのは、私が何も話さないからだ。私が何も言わないから、レナードは私の気持ちを感じ取るしかなかった。いつの間にか、レナードに私の気持ちを悟られる事が当たり前になって、言葉なんて大切じゃなくなった。けど自然に、最初からレナードは私の心を読めたわけじゃない。私がただそう思っていただけで、レナードはもっと、私を理解しようと、必死になってたんじゃないのか？　理解されるばかりで、私は何もレナードの事をわかってあげられてない。

私がただ無感情に料理を口にしていることを知っているだろう。その料理に、味などないことも…。今思うと…、レナードが私に料理の味を聞く事は一度もなかった。

レナードが私のことを想ってくれている間、その間、私は何をしてた？

私はレナードに何て言ったらいい…？　毎日それでも、作り続けてくれているのに…。


「ただ〝おいしいよ〟って、伝えてあげればいいんじゃない？」

涼し気な目を私に向けながら、天使は私にそっと話した。

「きっと誰よりも、レナードの作った料理がおいしい事、君は知ってるはずだから。」

柔らかな天使の声は、張り詰めた私の心に温かな風を吹かせる。

私は自分より多くのモノを得ている、〝彼女〟になりたいと思った。

トレーを持ち上げるレナードは、いつもとは違うその食器の軽さに手を止めてしまう。

「おいしかった…。」

私はぎこちない口調でつぶやいた。私の声に、レナードは目を見開き私のほうを見る。うつむいている私の耳にカチャッとトレーを棚の上に置き戻す音がして、私は虚ろな目をレナードに向けた。

「今のお二人のお姿を、見えない私を許して下さい…。」

レナードは声を震わせ泣いていた。その涙を見た途端、私の頬を涙が静かに伝って流れる。

「レナード…。」

私は過去にレナードを呼んでいた口調で彼の名を言った。その時私の虚ろな目は消える。

レナードは言う。

「感じるだけでは、クレア様を理解したことにはつながらない…。クレア様の気持ちを分かち合うには、ただ感じるだけでは不十分なのです。見えない事は、必ず何か伝わりが欠けている。完璧ではないのです…。」

体が震えて私は口を抑えこむ。

何を思ってた？　目が見えなくてもレナードは満足してたと？　レナードがこんな風に思ってたなんて…知らなかった…。

目が見えなくても、レナードから不自由さは感じられなかった。そんな彼に初めて不自由を覚える。

これ以上レナードに求めるものは何もないのに。ずっとそばにいてくれた…。十分すぎる愛を、私に与えてくれた。その人が今、胸を震わせ、それ以上の思いを私に贈ろうとしている…。なのに私は、何もしてあげられない…。その恩を、今すぐにでも返したいのに、私は…、何もしてあげられない…!!

悔しさと切なさが私の心を締めつけ、とめどない涙を流させる。

そんな私達を見ていた天使が、何を思ったのかスッとレナードの前に立ち止まる。天使はそっと左手を出し、レナードの目をその手で隠した。すると天使はレナードの目となった。

真っ暗だった視界に、私が現れ、レナードは困惑した表情を浮かべる。私はそんなレナードを落ちつかそうと、何も心配いらない事を伝えようとする。そしたらレナードは次の瞬間、幸せそうに笑った。私はその笑顔に言いかけた言葉を失う。レナードは両手を差し出し、私の頬に優しく触れる。レナードの手は震えていた。私がそっと手を握りしめると、レナードは私の手を握り返し、もう一度、幸せそうに笑った。そして、私に言った。

「あの時、お二人に本当はこう言いたかった…。〝大丈夫です…。何も心配など要りません〟。」

私は涙を流し、レナードの言葉に何度もうなずく。〝わかってる。〟そう言いたくて…。

レナードは過去を思い出してそう言った。あの時、父の言葉に誰よりも深く傷ついたのは、レナードだった…。

「クレアは生まれつき体の弱い子供でね。三歳の頃から発作は始まっていた。」

「少しも外へ出られないのですか?」

「レナード…。君のあの娘への思いやりはわかるが、君は目が…。」

父はそこで言葉を止めた。

「見えない…?」

レナードが悲し気につぶやくと、父は負い目を感じながらもはっきりと言った。

「…そう…。無理だ…。」

父の言葉に、レナードは何も言い返せなかった。


「レナードに何言ったの?」

私は少し怒ったように父に言った。父はそれを察し、遠回しに私を宥《なだ》めようとした。

「レナードはいい人だが、お前の面倒は見れない。分かるだろ? 彼には責任が重すぎる。」

私はその言葉に納得出来なかった。だってそうじゃない？

「私のまわりの事は、他のどんな事でもレナードに押し付けるのに、私が外に出る事には、レナードの目の事を問題にするのね。」

父は何も言わなかった。レナードの事になると、自分でも気付かないうちに私の気性が荒くなることを父は知っているから、これ以上荒波が立たないように、静かに事を終わらせようとしたんだ。けれど私の心は元の静けさを取り戻すことができず、荒らされたまま終わる。怒りや悲しみ、矛盾、身勝手さを感じながら。けど私より心乱されたのはレナードだった。

「平気ですよ。仕方のないことです。」

本当は平気じゃないのに、私を元気づけるために、レナードは微笑みを見せて言った。私はそんなレナードが愛しくて、彼のために、私は笑った。

私はハッとして勢いよくベッドから起き上がる。

「夢…？」

そう思った瞬間、私は不安でたまらなくなった。まさか今まで見てきたものが夢だとしたら…、私はまだ…。

「起きた？」

突然ドアのほうから声が聞こえた。私はとっさにドアのほうを見る。と、そこには昨夜の天使がこちらを見ながら立っている。天使は私のほうへ近づきながら、「よく眠れた？」と尋ねる。私は天使をじっと見つめながらつぶやく。「ユラ…。」—なぜか私は天使の名前を知っている—。そして次の瞬間それは喜びに変わる。夢じゃないと気がついた。硬く固まった私の表情が、その時何かに砕かれ、私はにっこりと笑った。


私の心の箱は今にもあふれだしそうになっている。その箱を私は〝彼女〟に手渡す。箱を受け取ると〝彼女〟は嬉しそうに笑い、私の中へと消えた。

第三章　レナードの日記

神は人間を誕生させ、人間を限りなく愛した。神は人間を見守る使者—天使—を作り出し、世に送り込んだ。天使の翼は神が与えた、自由と平和の象徴である。

クレア様はお気づきですか?
ユラ様の、翼のことです…。

彼の背中を彼女はじっと見つめた。
彼女は気づいている。そして何度も心の中で彼に尋ねている。
〝なぜ、翼がないの…?〟

なぜ…、何も口にしないのですか…?（気になっているなら…）
ユラ様を…、傷つけてしまうと、お考えですか…?

〃傷つけるつもりはないのに―私は―知らないうちに人を傷つけるの…〃

「クレア様は、ユラ様の翼のことを…、何もお聞きにはならない、と想うのです…。怖がりな…、所がありましてね…。」

レナードの話をじっと聞いていた、彼がそっと口を開く。

「外に行けないわけだね…。」

〃…!?〃

「声にするのがそんなに怖いわけ？　ただの臆病者でしょ。」

そう言ったユラ様は、ユラ様ではありませんでした。違っているのです。

ユラ様の姿、形をした別人。


クレア様はご存知でしたか？

ユラ様には、二つの人格がある事を。

〝我々が天使であるために
ルール一、神を裏切るな。
ルール二、翼を、絶対に、失うな。
もし、翼を失くした者がいたなら、
その時お前は天使ではなくなっている〟

ユラ様のあのお姿は、私に悪魔を連想させました。

優しさを、感じないのです。

ユラ様にあるものが彼にはない。クレア様の存在を、彼からは感じられないのです。


「クレア様は知っておられるのですか？　あなた様の、そのお姿を…。」

レナードは彼に尋ねた。

「知ってるんじゃない？」

曖昧な彼の返事に、レナードは聞き返す。

「分からないのですか?」

すると彼は少しうつむき言った。

「あいつオレを見ないから…。」

「!?」

意外にも、悪魔だと思う私の彼への印象は、その時いとも簡単に崩されたのです。

悪魔に似合わぬ物悲しいその口調は、私に彼をユラ様に感じさせました。クレア様に対してユラ様の抱く感情は、彼も同じだと思ったのです。

彼を少し信じる事ができたものですから、私は聞いてみたのです。

「なぜ片方しか翼がないのですか?」と。


〝え…?〟。

その時彼女は偶然レナードの声を立ち聞きし、ドアの隙間から二人を覗き見る。

それがいけなかったのですね…。

「何であんたに教えなきゃいけないわけ？」

裏切られました…。

ちょうどその時です。部屋のドアがバタンと物音を立てたのは。

「クレア様…？」

私が気付いた時、クレア様はすでにおられなかった。

なぜ逃げたりしたのですか…？

〝私のバカ！　なんで逃げるの!!〟

半開きになったままのドアを、彼は無言で見つめる。


〝ユラに翼はない…！　翼はない!!〟

彼女は駆ける足を弱め、息を切らして、廊下の壁に手をつく。彼女に彼の翼は見えていなかった。彼に翼はないんだと、そう思ってそれを信じていた。真実を知った今も、彼女は信じ込もうとした。真実を、ユラに翼が片方あることを、受け入れるのが怖くて。受け入れてしまえば彼女はこう想うから。
〃なぜ見えないの!!〃
自分だけ違う事が彼女は怖かった。
それに、いくら〃なぜ?〃と繰り返し言っても、答えはないんだ。

彼女は部屋につくと、ゆっくりとベッドに入った。その時部屋のドアが開いて、彼が中へ入って来る。

あの後彼はクレア様を追いかけました。私よりも先に。

彼女は彼を見て、すぐに視線を反らした。それを見た彼は、にわかに顔を曇らす。彼はベッドの側にある椅子に近づいていき、静かにその椅子に座る。すると突然彼は話し出した。

「翼がなくなると天使は人間になるって、あいつは言った。」

私の誤算でした。彼にクレア様の存在はないなどと…。彼はクレア様のお気持ちを察しておられた。

〝知りたい。なぜユラに翼がないのか。知りたい。知りたい、知りたい…〟

だから知らず日に何度もユラの背中を見たりした。

私は自分の立ち位置から少しも動かなかった。けれど彼は動いた。彼が動いた。私が少しも、動こうとしないから…。

「そんなの嘘なのに、堅く信じて曲げようとしなかった。」

彼は話を続け、その時の事を思い出す。


(過去)

「人間にだけはなりたくない。」

彼は真っすぐ僕を見て、はっきりとそう言った。彼の翼は深い傷を負っていて、それが彼を恐怖に駆り立てていた。翼を失えば天使は人間になると彼は信じていたからだ。彼の瞳は、人間に対する怒りや憎しみで染まっていた。その瞳に僕は恐怖さえ感じて、その場から去ろうとした。僕が彼に背を向けると、彼は急に笑いだした。そして僕を罵った。

「〝このまま裏切り者《人間》になれ〟。それとも〝死ね〟か？　他人の事だから放っといてもどうって事ないよな？　けど…、お前ならどうする？　もしお前が人間になんざなるとしたら？　お前ならどうする!?」

　僕に同意を求めた…。僕に人間は嫌いだと言ってほしくて…。人間を憎むお前を、助けてくれと僕に頼んだ。まさか僕が人間好きとは知らずに、僕がもし自分ならどうするか？って聞く…。


「助ける気もしなかったね。あんな奴。」

「え…？」

荒れ狂った彼の叫び声は僕の足を先へ進めなくした。僕の体はその時震えていた。彼の叫び声にじゃなくて、抑えようとしても、抑えられない、体の奥底から湧き上がる怒りに。

「だから言ってやったよ。」

『僕なら喜んで人間になるよ。』

踵を返し僕は彼に言い放った。余裕あり気な表情で。そしたら彼は、僕の襟《えり》刳《ぐ》りをばっとつかみ引き寄せ、荒《すさ》んだ目をして僕に言った。

「じゃあお前の翼を俺にくれよ。」

その言葉を聞いてから翼に手をやるまで、さして時間は掛からなかった。

僕は彼に翼をあげた。

されている。

「何故…？」

〝ユラも、大切だったんじゃないの…？　つばさ…〟

解けない問題を解こうとしているように、私の頭の中はこの言葉で埋め尽くされている。

ユラはそんな私の言葉に素っ気なく答えた。

「どうして？　イヤだったからだよ。まるで人間を悪魔みたいに言うから。あれ以上聞いてられなかった。」

そう言うユラは、とても自分の心に正直に生きている。それは〝嫌なものはイヤ〟と言う子供の心に似ていて、好きと嫌いの境界線をまるで砂場に棒で一本、線を引くように分けるだけで、答えを簡単に出してしまう。

おそらく、クレア様にとってユラ様は大きな存在でしょう。それだけに、ユラ様から強い影響を受けられる。

私が心配なのは、ユラ様から受ける影響で、クレア様が何を感じてしまうのかという事です。

第四章　まごころ

「後悔してない？　何もつらくない？」

　翼の事で私がそう尋ねると、ユラはこう答えた。

「翼がないことに悲しみはないし、後悔もしてないよ。ただ、翼を失くした理由を聞かれたりすると辛い。」

〝ならどうして？〟と、私は心の中でつぶやいた。理由を話すのは辛いはずなのに、なぜ私に話したりしたんだろう？

　ユラは言った。

「クレアは知りたかったんでしょ？」

　そう言ってユラが微笑んだ時、私はユラを綺麗だと思った。それと同時に、その底抜けの優しさを怖くも感じた。

〝私のためなら、迷いやとまどい、優先すべき自分の感情が、分からなくなるの…？　イヤなことでも、そうではなくなるの…？〟

　ユラの綺麗な心は、私の心の闇を浮き彫りにする。ユラと私の違いが、はっきりわかってしまう。

だから、

―翼の事を話した時、ユラは悲し気な表情を見せた―。少しでもユラが、欠陥を見せたなら。私の心はその時、かすかに、軽くなる。

〝決して悔いはないと言っても、思い出したくない想いはある。本当にそれで良かったの…？　後悔がないことはいい事だけど、そこに悲しみが残ったのは真実《ほんとう》だ。何かを、失ってしまったのは真実《ほんとう》だ。きっと、ユラに翼があった頃は、そんな悲し気な表情、ユラの中になかったんじゃないかな…？〟

自分とユラを同等に置きたいと思う。私の中にある悲しみや切なさが、ユラにもあればと望む。そうすれば、同じ位置に立てると思うから。

けどそれは、ただの私の望みにすぎない事を、ユラと触れ合う度思い知らされる。

その、笑顔のせいだ…。

無邪気で、汚れがなく、綺麗なんだ。誰にも踏み入れられてない、降り積もったままの雪みたいで。いくら私が精一杯笑ってもユラの笑顔には届かない。いつでも本当に楽しそうに笑うから。同じ位置に立てるどころか、ユラはどんどん私から遠ざかっていく。ユラとの距離を感じると、私は自分が臆病だという事を知らされ、ユラの翼が見えない理由にぶち当たる。翼が見えないのは、私に欠けている何かがあるからだと想った。

徐々に溶けだす自分の腕を、恐怖を感じながら私は必死に止めようとする。目の前には赤と青のコード。どちらかを切り離せば、私は助かる。手にしたナイフが二つのコードを行き来する。

〝もう時間がないよ！　急いで!!〟

誰かの声に私は焦る、焦る。

〝どっち!?　どっちを切ればいいの!?〟

震えだす手、そして頭が真っ白になって…。どちらのコードも切れないまま、

〝だめ!! 間に合わない!!〟。助かるはずだった私の体はそのまま…。

目を覚ました私は、昨日と同じ夢に重い表情を浮かべる。床の上で眠るユラを見つめ、今の自分の気持ちは、夢の中での自分の気持ちと変わりがないことを感じる―私は焦っている―。

あの日から二日経っている。私はまだ、ユラに翼が見えない理由を聞いていない。

自分の事くらい、自分で気づいて、わかりたかった。命一杯の強がりと知っていながら、私は何の目的もなしに、一人で森の中を二日間さまよった。そして今も、さまよい続けてる。

私は焦って、自分に欠けているモノが何なのかを急いで探した。私がそうしている間にも、ユラは私から遠のいていくから。

ユラだけが歩み続けてる気がする。立ち止まった私に気づかないで、ユラは着実に前へ進んで行く。私はユラに追いつこうと必死になる。けどいくらユラの背中を追いかけても、その距離は縮まらない。歩いて、歩いて、歩き続けても、ユラに近づけない。

（沈黙）

けどその時、どうして私はこう言わなかった？　「止まって。」と。そしたらユラは、その足を止めてくれたかもしれない。振り向いて、立ち止まってる私に気づいてくれたかもしれない。私と、一緒に歩いてくれたかもしれない…。

ユラに近づくことは、自分一人の力で自分を探しだせることじゃない。私が口に出して、〝ダメだった〟〝私には分からなかった〟って、ユラに翼が見えない理由を聞けたなら、そしたら私はユラに近づける。

朝食の後、レナードが部屋から出ていくのを見計らって、私はユラに話を切り出す。

「あなたの…、つばさが、見えないの…。あなたは…、どうしてだと思いますか…？」

ぎこちなくも、必死に私は言った。ユラはそんな私に微笑みかけた。私はその微笑みに安心して、重かった心の奥が、ふっと軽くなった。ユラは私にそっと言った。

「自由を、恐れているからだと思う。」

私になかった答えに、強く引き付けられる。ユラはつけ足して言った。

「翼は自由を示すもの。自由を拒む者に翼はいらない。」

その言葉を聞いても、私は何一つ否定しなかった。すんなり受け止められたのは、その言葉が本当だからだ。

〝自由。それは手にしてはいけないモノ。

自由。それは私の心を壊すモノ。

自由。それは近くにあって遠くにあるモノ。

自由。それは理性の塊〟

なぜなのか、私は自分の事を、ユラに話したかった。自由を拒むようになった理由を。だからその時、自然に口が開いた。

「幼い頃…、両親と三人で公園へ遊びに行った事があるの…。私は自分の体の事を知っていたけど、その時はそんな事忘れて思いっきり楽しんだ。だから、発作を起こした時、一体何が起きたのか解らなかった。

…けど、私が忘れても、私の体と、二人は、私の病気の事を、一時も忘れてなかった…。その時の苦しみが、一番辛くて長く感じた。二人に抱えられた私を物珍しそうに見つめる人達。子供も大人も皆が私を見てた…。自分がまるで人間じゃないようで、他人から見られるあの視線が、私を獣か何か別の生物にした。…この事があってから、二人は私を外へ連れていかなくなった…。私は自分が病気だということを、周りから強く印象づけられて、嫌でも、もう…、忘れられなくなった…。」

沈黙が流れる中、ユラはクレアをじっと見つめている。

〝本当に、そう思ってるの…？　もしそうなら…、贅沢だよ。クレア…。二人が病気の事を忘れないのは、それは、クレアを想う、親だからだよ…。けど、クレアの気持ちも、わかるからオレ…〟

私はうつむいたままだった。ユラの言葉を待っているのかもしれない。

「それでも外に行きたいんでしょ？」

沈黙を破るユラの声。そっとかけられたその言葉に、私の中で眠っていた何かを目覚めさせられた。心の奥底で、何かが大きく揺れ、その言葉に反応したんだ。

〝もうこれ以上嫌われたくない…。だからもうわがままなんか言わないわ…。私が外へ行く事で二人を苦しめるなら、私はここにいる…〟

「自分の本当の気持ちを大事に。」

ユラがそう言った直後、私の心を縛っていた紐が一気に緩み、ほどける。

〝デモ、ホントウハネ…〟

そうだ…。自由への恐怖は、自由になれないことを知った私が、自由を諦めるために作りだした言い訳だ…。心のどこかで、自由は手にしてはいけないものだと感じていたから。そんな言い訳でも考えないと、私が自由を求める気持ちは消え失せなかった。自分で思っていた以上に、私が自由を欲しがる思いは大きかったから…。

けど、二人の事は、言い訳なんかじゃない。二人の存在は、私が自由を避けた、確かな理由だった。

私はただ、一人が嫌なだけなんだ…。私だけが楽しんでも私は嬉しくなんかない。私と一緒にいても、二人を近くに感じないのは嫌だ。笑っているのは私だけ？　私と一緒にいる時くらい、私が病気を忘れられてる時くらい、私と一緒にいてよ…。私と一緒に笑ってよ。

「自由になりたい…。自由になりたいよ。けど、自由を手にしても、そこに二人がいないなら、私は素直に喜べないよ！　一人で感じる自由なんて私は欲しくない!!」

そう私が打ち負かした瞬間、ユラはパッと彼に変わる。

「じゃあオレが一緒に笑ってやる!!」

彼がすぐに答えた。私はその言葉に涙が溢れる。

「病気のことなんか気にもしないし、クレアが楽しいって想うその何倍も、楽しんでやる。笑ってやる。クレアが嫌になるくらい、一緒にいるから…、それに…。」

彼はそこで言葉を止めると、私を見つめる強い目を弱めて言う。

「泣きたい時はいつでも泣いていい。」

彼の声が消えてからも、時が止まったように、私は彼をじっと見つめた。

私はいつも自分を偽ってた。本当の私は、何かいけない気がしたから。けど今それが初めて、そうじゃなくなった。ユラはこんな私でも受け止めてくれるから。今流してる涙がいつの間にか嬉し涙に変わってる。多分、心に余裕ができたんだと思う。心のより所。もう、悲しまずにすむんだとさえ感じた。

そんな私の目に、見えていなかったユラの翼が、うっすらと徐々に浮かび上がった。その白く綺麗な翼を、私は目を見開き見つめる。私は無言でベッドから下りると、ユラの前に立った。

「それは…?」

私はユラの翼に一箇所だけ小さな穴があるのを見つけつぶやいた。その穴からは光が放たれていて、私がそっと手に触れると、光はスーッと消えていく。そして光が消えたかと思うと、その穴から真っ赤な血らしいものが流れ出て来た。

「!?」

私はぱっとその穴から手を離す。私はそれが人間に撃たれた猟銃の傷口だと気づいて、声も出ず、ユラを見つめた。私の瞳に映ったのは、いつものように笑うユラの笑顔だった。私はすぐに視線を反らす。そんな私の態度をおかしく思い、ユラは不思議そうな顔をする。私はその視線を感じて、落ちつかずタオルを取りにユラの前から離れる。

人が傷つけたと思うと…。ユラだから許されているのかもしれない。けどもしそれが私なら、ユラのように…、私は笑えない。

私はタオルで傷口を押さえる。

「何考えてるの？」

何も言わない私にユラはそっと尋ねた。私はタオルを押さえながらつぶやく。

「人間なんて嫌い…。」

その言葉がどれだけユラの耳に残酷に聞こえるのかわかってる。けど、言わずにいられなかった。天使を信じもせず、その存在を無にしているくせに、こうやって天使の体に、人間の存在はちゃんと示されてる…。人間の矛盾を感じる。偶然当たったとはいえ、傷つけたのは本当なんだ。なのに知らないなんて…。〝知らなかった〟〝目に映らなかった〟。それを理由に、天使を傷つけている人間が、憎いよ…。

それでも人間を信じて、許して笑ってるユラが、かわいそうだ…。

「この傷なら大丈夫だよ。もうほとんど痛みはない。」

そんなユラの甘い言葉が私には歯痒く思えた。それは間違ってると言いたい。

「どうして？　どうして怒らないの？　どうして笑ってられるの？　傷つけら

れたのに…。」

　そこに怒りと切なさが入り混じっている。私はユラを見る。そしたらユラは、私の言葉に怒るどころか、涼し気な表情を浮かべて、私に言った。

「傷つけられても構わない。僕は人間が、好きだから。」

「!!」

　そう言ってユラはまた笑った。


　ユラの寛大な気持ちに気づかないで、後何度人はユラを傷つけてしまうだろう。

　ユラの優しさに、いつまでも甘えるわけにはいかない。何をしても許されるなんて思っちゃいけない。いつかきっと、終わりは来るから。ユラの心が破れてしまう日だっていつか来る。その日まで、私達人間は、どう変わっていけるだろう？　そして、私自身も…。

第五章　その上に立つ者

ベッドに横になりながら、床の上で眠るユラに私は「眠れない。」と小声で言う。ユラは私の声に寝返りを打つと、冴えている私の目を見つめ、「僕も。」と返事を返す。ユラはそっと天井を見つめる。「何かお話聞かせて。」ユラを見つめながら私がそう言うと、「お話？」とユラはあどけない顔を私に向け言った。私が何も言わずユラを見ていると、ユラはまた天井を見つめ、少し何かを考えた後、柔らかな表情を浮かべて私に言った。

「朝までかかっちゃう。」

その言葉に私は笑って、「うん、構わないよ。聞かせて。」と答える。ユラはにっこり笑顔を見せた。

「どんなお話？」

私が尋ねると、ユラは涼し気な目をして、「昔いた、ひとりの天使のお話…。」と、過去を思い出しながら話をし始める。

「その天使の名前はレイス。ただひとり、僕を大切にしてくれた人…。」

子供が母親の腕に抱かれ読んでくれる絵本を聞くように、わたしはユラの話に静かに耳を傾ける。

人間が天使を信じなくなった日、天使は人間にとって〝幻〟になった。初めて天使の世界に訪れた恐慌に、天使達は口々に言い放った。

「人間が天使を裏切った!!」

その声を信じてなかった僕も、現実を見れば、打ちのめされた。知るのは一瞬だった。人間達は、僕を見ても、何の反応も示さなくなっていたから。〝なぜ?〟という言葉が何度も脳裏を横切った。僕は人間の世界から、消えて無くなっていた。

天使が人間を信じなくなった日、人間は天使にとって〝敵〟になった。

人間と天使の間には、見えない大きな壁が作られ、拒絶心が膨らめば、その壁は厚くなった。ほぼ毎日壁は大きく成長していた。人間の拒絶は僕達天使の姿を見えなくし、その存在までも消していった。違った生物だと妙な意識が生まれたから、信じる心を、失ってしまったから…。

天使は人間の変化に対応できず、一種の裏切りだと人間に怒りを抱いた。天使には理解できなかったんだ。永遠だと信じていた心の友が、進化していくと共に脆《もろ》くも崩れ去るなんて。

僕が現実を目にした直後に、天使の世界には一つの掟《おきて》が作られた。それは人間との関わりを絶つというものだった。人間への敬意はもちろん、人間の話すらしてはいけなくなった。今まで当然だったものが、そうでなくなった時、天使の世界は僕の世界ではなくなった。いつも隣で笑ってくれる者が、急に素っ気なくなって笑わなくなる。言い知れない孤独が胸を絞めつけ離れなかった。

「オレの心を掟なんかで縛るなよ!!」

ユラは掟を作った王、キャロックの前に立ち、ありったけ叫んだ。掟が作られてから、ユラには自分の居場所がなかった。どこにいても、何をしていても落ち着けず、ついに我慢できなくなった。

キャロックは何十人もの天使に見守られるように、悠々と王の座に着いていた。その両側には、二人の使者が王より凛々《りり》しく立っており、ユラの行動を一瞬たりとも気を抜く事なく見ていた。

「俺の掟に不満があるようだ。ぜひ聞かせてもらいたい。貴様の心を、いつ俺が縛ったりした？」

この日のキャロックはひどく不機嫌で、すぐにユラに食ってかかった。周りの天使達からひそひそと話し声が聞こえてくる。心も体も熱くなっているユラは、そんな事を気にも止めず勢いにのって叫んだ。

「オレは人間が好きだ!!」

その声に周りは一斉に静まり、キャロックの表情はいっそう強張《こわば》った。

「だから。」

ユラは話を続けた。

「いくらお前が偉い奴でも力がある奴でも、掟を守ることはオレにはできないっ!!」

ユラの声が消えた時、辺りは静まり返って小鳥のさえずりさえ聞こえなかった。キャロックは目を点にしてユラを見ていたが、徐々に表情を崩すと、大きな口を開けてその場で笑い声を上げた。

「何がおかしい!!」

バカにしたように笑うキャロックにユラはむきになって叫んだ。そんなユラを見てキャロックは一層笑い声を上げた。横でその笑い声を聞く一人の使者が、何か言いた気な目でキャロックを見つめる。ユラは怒りと悔しさで拳《こぶし》をぐっと握りしめるとキャロックに言った。

「潰《つぶ》されてたまるかよ。今まで人間と一緒に過ごしてきた楽しい時間をっ、掟なんかで…お前なんかに壊されてたまるかよ!!」

ユラの鋭く睨《にら》んだ目を見て、キャロックは笑うのを止めた。そして呆《あき》れたため息をつき、

「貴様はひどい勘違いをしているようだ。」

次に強調して言った。

「悪いのは人間だぜ。」

一瞬、全ての音がユラの耳から遠ざかる。そう言ったキャロックの目に、ユラは恐怖さえ感じた。

〝自分と違いすぎるから分かる。こいつ、本当に心の底から、人間を憎んでるんだ〟

本当の現実はここにあった。

「俺達の心を踏みにじったあいつらに──キャロックの声が聞こえ出す──これ以上侵害されたくはない。俺が作った掟は、貴様らの心を、裏切り者の人間共に傷つけられないための、最適なシステムなのだ。」

〝変わってしまったのは…、人間だけじゃない…。憎しみなんて、前までなかったじゃないか。人間は僕らの、仲間でしょ…?〟

ユラは歯を食い縛ると叫んだ。

「人間と一緒でなきゃ天使は生きていけないんだ!! 自分達を強い生物だなんて買い被《かぶ》るな!!」

「黙れ小僧！」

キャロックの気迫にユラの声は消された。

「人間との共存は過去の話。全ては

終わったのだ!!」

その一言は、ユラの中にあった熱をことごとく奪い去った。時が止まったように動かなくなったユラに、キャロックは止《とど》めを刺すように言った。

「苦しいか？　悔しいか？　今すぐ楽にしてやる。何も知らずに来たのだろう？　私への反逆が、何を意味するのか。」

キャロックは立ち上がり言い放った。

『今をもってこの者の、死刑を始める!!』

ニヤリと笑うキャロックの前に、ユラは為す術《すべ》もなく立ち尽くす。

さわやかな風が、窓のカーテンを優しく揺らす。そんな柔らかな時の流れとは逆に、私の心の中は様々な感情が入り混じって渦巻いている。

「怖かった？」

死とは懸け離れた世界で生きている私には、死の意味を分かっていない部分が多数ある。死の恐怖もその一部だ。…今はまだ知りたくない。

ユラは答える。

「うん…もの凄《すご》く。」

思い出さなくても、ユラは死の恐怖を知っているから、その言葉はどこかユラの中から自然に現れたように聞こえる。ユラが笑う、あの笑みがこぼれ出る時と同じように。

私はユラの気持ちを悟ろうと、理解しようと必死になっていた。少しでもユラの感情を知りたいと思った。

「その人…、助けてくれるんでしょ？」

私がそう聞くと、ユラは縦に首を振る。

〝さあ、話の続きを聞かせようか〟

冷ややかな汗がユラの額からたらりと流れた。背筋は凍りつき、ただ死を待つだけのように時は流れ去っていく。ユラの耳に聞こえるのは大きく脈を打つ自分の鼓動の音だけ。目に映る全てのものがスローモーションに動き、現実的でない。

そんな中、ユラの目に映る、決して夢なんかじゃなく、彼だけがユラの目に現実に見えた。

『レイス…』

そう言った途端、ユラの目に映る景色が明確に戻った。レイスは白い大きな翼を風に乗せ、静かにユラの前に舞い下りた。気がつけば、あれほど強く打ちつけていたユラの鼓動は消えていた。

「何だ貴様は？」

ユラの前に突如立ち塞《ふさ》がったレイスに、キャロックは苛立ちを隠せないでいた。レイスはキャロックをじっと見つめ、その時初めて口を開いた。

「こいつを逃がしてやってくれないか？」

呆れるくらいのその率直さに、キャロックは愕然《がくぜん》とさせられた。そしてそれは徐々に侮辱された怒りへと変わっていった。

「貴様もそのガキと同じ、人間の味方か。」

レイスはキャロックから少しも視線を反らすことなくはっきりと言った。

「人間は敵じゃない。」

するとキャロックは冗談を聞かされたように笑うが、内心レイスにムッとする。甘くみられている、そう思ったキャロックはレイスに話を持ちかけた。

「仮にそのガキを逃がすとしよう。その後、貴様は俺に何をしてくれる?」

〝死〟を感じさせれば、レイスは怖《お》じ気《け》づいて逃げるだろう、キャロックはそう考えたのだ。

〝タダで、そのガキを逃がすわけがないだろう? さあどうする? どう答える?〟

キャロックは流し目でレイスを見た。レイスは表情一つ変えないでキャロックを見ていた。

〝甘い考えだ。ガキを助けたければ貴様の命くらい……〟

「俺の命を貴様にくれてやる。」

〝ナニ!?〟

想ってもみなかったレイスの言葉にキャロックは度肝を抜かれた。同時に、そう言ったレイスが妙に落ち着いているのにキャロックは不思議がった。その少しも動じないレイスの穏やかさが、キャロックの心を動揺へと変えていった。そして少しでも気持ちを落ち着かせようと、キャロックはレイスの言葉を本気と認めず、疑って信じようとしなかった。

キャロックは天使達に合図を送った。するとユラの周りにいた天使達がユラの腕をつかみだした。

「ナニするんだよ!?　離せ!!」

ユラが抵抗するにも拘わらず、天使達はキャロックの命令に従いユラの腕をがっちりつかんで離さない。

〝誰かのために己の命を失うなど、できはしない。まだ強がるつもりか？　そいつを助けでもすれば、貴様の死は確実だぞ。まさか本気ではないだろう？〟

『よせ!!　その子に触るな!!』

「!!?」

誰も想像もしなかった。僕さえも…。

レイスは、その時僕を助けようと必死になったんだ…。

ユラをつかむ天使達の手をレイスは力ずくで離そうとした。その気迫に天使達は動揺し、力が知らずと抜けた。

「なんで…?」

こんなに取り乱したレイスを見たのは初めてだった。そこまでして僕を庇《かば》うレイスが分からなくて僕は独り言のようにつぶやいた。けれど一番驚いていたのはキャロックだった。レイスの気概に声を失っていた。そんなキャロックをギロリと睨んでレイスは言い放った。

「俺が身代わりになると言ったんだ！　今すぐこの子を離せ!!」

「レイス…」

震えた声でユラがつぶやいた。キャロックとレイスはしばらく視線をぶつけ合った後、キャロックの方から視線を反らし、天使達に静かに合図をだした。その合図でユラをつかむ天使達の手は解かれた。レイスはそれを見てほっとした表情を浮かべるが、その瞬間に、

「何で…」

「望み通り…」レイスには「死んでもらおうか。」死が訪れる。

見慣れたレイスの背中を眺めながら、ユラは一人置きざりにされたように、その場に立ち尽くしていた。

「オレに怖いものなんかないんだ。」

急激に、過去に言った言葉が頭を過《よぎ》った。

「死ぬ事もか？」

レイスはユラに聞いた。ユラは強気で

「怖くなんかないね！　もし急に死ぬような事があっても、助けなんかいらな

いよ!」

「頼まれたって助けてやんねぇよ。」

死は怖くないって言い切ったユラに、レイスはそう言った。

オレに、そう言ったんだ…。

そう言ったじゃないか…!? オレのせいで死ぬの…? オレが死を怖くないなんて、ウソ言ったから…? 何もかも知ってたんだ…。オレが死を怖がった事も、本当は心の中で、何度もレイスの名を呼んだ事も——〝助けて。レイス〟——だから、来たんでしょ? 僕を助けに…。けど、
こうなるんだったら呼ばなきゃよかった!! レイスの名前なんか忘れちゃえばよかった!! まさか死ぬなんて、想わないから…!

死なせたくないのはオレだって同じなんだ。

〝だから…〟

「逃げよう…。レイス…、死ぬのは…、イヤだ…。」

うつむきながらユラは言った。すると背中越しにレイスの声が聞こえてきた。

「らしくないいな。いつもの強気はどうした？」

「やめてよこんな時に。知ってるんだろ？　オレは強くなんかないんだ！」
・・・わかっていながらからかうレイスに、ユラは冗談なんかで返せなかった。レイスは死を覚悟しているはずなのに、少しも死を感じさせなかった。急に笑い出してもおかしくない余裕の雰囲気さえ感じさせた。なのに遠くへ離れていく。死は感じないのに、死は見えていた。レイスはここからいなくなる…。ユラの頬を静かに涙が流れた。レイスは一歩足を前へ出し、キャロックの許へ向かおうとした。そしてまた一歩足を前へ運ぼうとした時、レイスの足がぴたりと止まった。後ろから、ユラがレイスの服をギュッとつかんだからだ。
「死ぬな…。」

ぐっと涙をこらえて言ったのがその声から聞きとれた。レイスはその声を聞いた時初めて、その瞳に死を浮かべ、前を向いたままユラに言った。

「お前は助かるんだぞ…。」

そう言ったレイスの声はとても優しかった。レイスの服をつかむユラの手に一層力が入ると、ユラは叫んだ。

「オレだけ助かれって言うの!?　そんなこと!　できないよ!!」

ユラは泣いて肩を震わせた。その震えはレイスの体にも伝わった。するとレイスはユラの方を振り向いて、ユラの頭がすっぽり覆い被《かぶ》さるほどの大きな手を、ユラの頭の上にそっと置いた。そしてユラを労《ねぎら》って言った。

「どうって事ねぇよ。ただ死ぬだけだ。」

死が、ただ眠るだけの事ならいい。けど決して、そうでない事をユラは知っている。その見え透いた嘘を、誰のために言ってくれているのかと感じると、ユラは泣けた。レイスはユラの頭から手を離した。温もりが消えて、はっとユラはレイスを見上げた。するとレイスはユラに微笑みかけ、「お前と逢えてよかった。」とひとこと言って、ユラに背中を向けた。その背中に、ユラは何も言う事もできなかった。ただ、もう、逢えないとだけ…。

「待て!!　死に急ぐ事はない!!」

突然、キャロックの横に控えていた一人の使者がレイスに向かって叫んだ。

その声に誰もが驚き、静かだった森の中は一気に天使達の声でざわめいた。

「何を言い出す!? ペルソナ。貴様王に刃向かうつもりか!!」

今まで忠実にキャロックに仕えてきた天使が初めて逆らう行動を見せた。キャロックは慌て、力でねじ伏せようとその使者を威圧する。が、

「王なら殺しても良いというのか!!」

使者はそれらをはね返し、キャロックに対する不満を露《あら》わにした。逆に怖《お》じ気《け》づいたキャロックをよそに、使者はレイスに言った。「今ならまだ間に合う！ 弁解しろ!!」と。天使達は静かにレイスに注目した。これで助かるかもしれない、希望は見えていた。けれどレイスは一つも気を緩ませる素振りを見せず、どこか浮かぬ表情をしていた。そして皆が注目する中、レイスは静かに口を開いた。

『悪い。それだけは嘘でも言えない。』

天使達は言葉を失った。考えもしなかった意外な言葉に、誰も理解できなかったのだ。使者はやっと声を出す事ができるとレイスに尋ねた。

「なぜだ!?　人間を否定すれば助かるのだ。人間を憎むことなど簡単だろう!?」

使者がそう言った次の瞬間、レイスは笑った。

〝!?　何だ？　今の笑みは…？〟

その時使者は、レイスとの遠い距離を感じた。目の前に立っている男が、まるで自分とは違う世界にいるような気がした。

「どこまでもバカな奴だ。」

使者の横で様子を見ていたキャロックがレイスを侮辱した。使者はその声を心の中で深く否定した。

〝違う。この男は己の言っている言葉の意味を良く理解している。そして本当に心の底から、人間を愛している…。こんなに真っすぐ、己の心のままに生きる者を見たことがない。

人間を拒絶することが我らの正義だと思っていたが、この男を見ていると、それもあやふやに思えてくる…〟

レイスは再びキャロックの許へ歩み出した。そして使者の横を通り過ぎようとした。その時、「人間が私達に何をしてくれる？」と使者はレイスに言った。使者は自分の中に生まれた疑惑をはっきりさせたかった。この掟は、正しいのか、それとも、間違いなのか…。レイスは足を止め、使者の声を静かに聞いた。

「裏切られ、今までそばで助け支えてきた私達をゴミ同然に捨てた。人間と違い、忘れる事ができない私達は、苦しみから逃れようと今も尚もがき苦しんでいる。」

「そんな事言われなくたって分かってるさ。」

使者の声を消し去るようにレイスは答えた。

「けどそれでも、止められないんだよ…。」

レイスは少しうつむいて言った。その表情はとても安らかなのである。

「たとえ人間が俺達を信じなくても、忘れても、それでも俺は、人間が好きなんだ。」

そう言った時、レイスは使者を見て笑った。その満たされた笑顔は、使者の心を一瞬奪いさえもした。そしてレイスはキャロックの前へ進み出た。キャロックはにやりと笑い、レイスに言った。

「これが貴様の最後だ。何か言い残すことはあるか?」

次の瞬間、全ての者がその凄まじさに我が目を疑った。レイスが自分の右目を自力でもぎ取ったのだ。そしてその目を握りしめた拳をキャロックの前に出した。キャロックは恐ろしくなり怯《ひる》んだ。握りしめた拳からも赤い血が滴り落ちた。レイスは天使達のほうに体を向けると、拳を前に出し叫んだ。

「この痛みと傷は俺にはもう治せない! だがあんた達はまだ治せる! 生きてる限り!! どんなに傷つけられても、その傷をそれ以上広げるな! 傷ついた自分を、それ以上傷めつけるな! まだ、全ての可能性が、壊されたわけじゃない。」


それがレイスの最期の声だった。

レイスを生かしておくことの恐怖と苛立《いらだ》ちが、キャロックを焦《じ》らせ、そうさせたのだろう。レイスがそう叫んだ直後、レイスの体に一本の槍が後ろからつき抜けた。

ユラはその場でひざまずき絶叫した。


その事があってから天使の世界に掟はなくなった。天使達と、あの使者がキャロックを森から追い出したのだ。今はその使者が新しい王、ペルソナとなっている。

掟は確かになくなったが、前のくらしが戻ったわけではなかった。あくまで掟がないだけで、天使達が人間を思う気持ちに変わりはなかった。

ペルソナは言った。

「私達はまだ、この傷と共に生きていかなければならないようだ…。急には癒《いや》されない。分かってほしい…。人間によって傷が与えられたのも事実、その傷が深いことも…。」

ユラはレイスの墓の前で佇《たたず》んでいた。ペルソナはその墓の下で眠るレイスを思い言った。

「いつか私達の心も癒される時が来るだろう。」

掟をなくしたのはペルソナだった。ペルソナは、少なくとも、キャロックの掟は間違っていると気づいたのだ。掟で縛りつける現在《いま》より、いつの日か心が癒される可能性のある未来を、ペルソナは信じたのだ。

「もういない…」

墓を見つめながらユラはぽつりと言った。レイスが死んで一週間経ったこの時も、ユラはレイスの死を受け止められていなかった。信じたくない想いと、現実を受け止めなければいけないと想う気持ちが交差して、ユラの話す声は、不安定だった。

「僕はこれからも、人間と、生きていきます…。僕には彼らしかいないんです…。」

人間と共に生きることは、ほとんど不可能だった。それを知っていながら、それでもユラは、人間と生きたいと話した。そう言ったユラはとても孤独だった。

「それが、君の望みか…。」

ペルソナが言った。ユラはじっと墓を見つめていた。そしてぽつりとペルソナに言葉を返した。

「違う…。」

それ以上ユラは言葉にしなかった。人間と共に生きることが、本当の望みじゃない。ユラはそう言いたそうだった。レイスを失ったことが何より悲しくて、周りのどんなことでも、レイスが最優先になる。人間をこの時程、軽視したことはなかった。

悲しみが重いほど、レイスをどれほど好きだったかわかる。失いたくなかったって想う度、レイスの姿を夢見る度、レイスが恋しい。僕が唯一誇れるもの、それはレイス。レイスと出会えたことが僕の幸運だった。

決して私達は一人で生きてるわけじゃない。自分一人の力で、ここに立ってるわけじゃない。きっと誰か支えてくれてる者がいる。その存在に気づくべきなんだ。
私達は知っとくべきなんだ。自分の弱さを。そしてその時、一番に必要とするのは何なのかを。

ユラは言う。全ての天使が人間を嫌ってるわけじゃないと。ただ人間に冷たくされるのが怖いだけなんだと。私もそう想う。だって私も、そうだから…。

〝今日はここまで。続きは明日。
おやすみ〟

第六章　存在

てる。
二週間振りに二人が帰って来た。今、ベッドから立ち上がった私を抱きしめ
瞳を見て私が変わったことを二人はすぐに悟った。
「元気そうだ。」
父は私にそう言った。ユラと一緒にいる時とは心の弾みが違った。二人の前
での私はどこか他人行儀で、心が落ち着かない。前から私はこんなだった？
自分の親より他人に心開くなんて…。
部屋のドアが開く音がするとユラが中へ入って来る。私の胸を打つ鼓動はユ
ラを見た途端速くなる。ユラが二人を見ない事を願ってた。
「どちら様？」
ユラが二人を見て言った。その声は突然後ろから鳴らされた車のクラクショ
ンの音に似ていた。私はすっとユラの前まで歩み寄ると、小声で「両親…」と
答え、ドアをカチャッと閉める。
「どういう事だ…？　ドアが独りでに開いた…。」と予想通りの父の声が私の

後ろから聞こえてくる。私さえ信じない二人が、天使を信じるはずがなかった。

「風よ。」

私は二人に背を向けたままはっきりと言い切った。ユラの横を通り過ぎる時、私は「ごめん…。」と、まともにユラの顔も見れずに伝えた。私は私を見る二人の視線をぎこちなく感じていたから、何でもないと言わんばかりの笑顔を二人に向ける。まだわだかまりがあるにしろ、その時二人は納得したように私に微笑み返す。二人を騙《だま》したとは思わない。ユラのためなら、必要な事だとさえ思った。けどその嘘で、ユラがどんな想いをしたのか、問題なのはそこだった。

私に背を向け二人は段々私から遠ざかって行く。そんな二人をもどかしく思う。ユラについた嘘も、その嘘のせいでユラに与えた傷も、二人のせいだと…。二人がいることで私もユラも傷つけられる…そうも思った…。わだかまりがあるのは私のほうだった。その時聞こえる壊れたラジオから流れてくる雑音のような鈍い声は、次の瞬間嘘のように曇りなく聞こえる。

「早く出てって…」—以前までの私なら、絶対に言ったりしなかった—。

私は無意識に、二人に向かって言ってしまったのだから…。

その声で二人の足はぴたりと止まってしまう。けど誰よりその声に驚いたのは私自身だった。母は、信じられない表情で私を振り返り見る。冷静な表情を浮かべながら、私の心の中はとまどいで一杯だった。父は何かを耐えるように無言で、あえて私を見なかった。

「クレア。」

不安気に、心配してユラが私の名を呼ぶ。私はその呼びかけにはっと自分に戻る。視線を上げた時、二人は部屋のドアをカチャッと閉めて出ていくところだった。私はまたうつむいて、妙に静かな心の内を感じる。この時、私の中に二人はいなくなってた。…そうじゃない…、最初から二人はいなかった…。

ユラのことを考えている。私のした事を、どうユラにわかってもらおうかと…。

ユラの存在を消したわけじゃない。二人の存在を、ユラから消したんだ。

ユラに翼がないことを知った時、私はこんな日が来てしまうのを恐れた。人間にとって天使に翼は絶対の条件だから、翼がなければ天使だと信じられないほどに。きっといつか誰かがユラを傷つけてしまうと思った。

それに私には分かっているんだ。話しても、信じてはくれないことくらい。ユラをその瞳に、映してはくれないことくらい…。

「ごめん。…二人には言えない…。」

私は泣き出してしまいそうなのをこらえて言った。

本当ハ全テ二人ニ話シタイト思ッテル。

けどユラが傷つくのを見たくないとも思ってる。二人がユラヲ傷ツケルノヲ見タクナイト思ッテル。

ユラだけじゃなく、自分も二人に信じられていない事を分かってる。ダカラ本当ノ事ヲ話スノガ怖イ。真実《ホントウ》ナノニ、信ジテモラエナイノガ怖イト思ッテル。

その不器用な自分の気持ちにクレアは気づいていない。本人さえ知らない心の傷に気づいていたのは、ユラだった。

『大丈夫?』

そっとかけられたユラの言葉に私の肩は震える。なぜか崩れてしまいそうになる自分の体にぐっと力を入れこらえた時、私は自分の傷を知り、ユラを守るはずが、逆に救われていることに気づく。

「何言ってるの…？　今…、そんな事言ってるんじゃない…！」

〝大切なのは私じゃない!!〟

私は私の心の傷にそっと触れたユラの手を振り払った。

そんな私の後ろで、椅子に座るような音がする。それから少しして、「昔あるところにひとりの天使がいました。」と、ユラの声がし始めた。私はユラの方をゆっくり振り返り見る。するとそこには、椅子に座りながら本を片手に持ち、まるでその本の物語を読むように話すユラの姿があった。

「彼にとっての親友は人間でした。人間にとっても親友なんだと思っていた彼は、変わってしまった人間にひどくとまどい、不安になりました。けれどそれでも彼は人間を嫌いになれなかった。…それでも人間を信じたのです。」

前に一度聞いた話なのに、一度目になかった衝撃があり、切なさがある。同じストーリーなのに、まるで違う感情で語られている。

「いつかこんな間違いは消える、壊れた世界も元に戻る。彼はそう信じてひたすら待ち続けました。けれど幾ら待ち望んでも、願いが叶えられる日は来なかった。ある日、彼はその事に気がついて、同時に、心の中の虚しさを強く感じるようになりました。

愛する者の誰からも見られることのない、孤独感…。

彼は途方に暮れました。」

そう言った直後、ユラの表情がかすかに晴れる。

「そんな時、彼は一人の少女に出会いました。その少女は、彼がずっと探し求めていた存在でした。なぜなら彼女は、僕を、その瞳に映してくれたから。」

ユラは本から目を離す事もなく、そこで言葉を止めた。じっと本を見つめるユラの表情はとても柔らかで、私はその表情に釘付けになってしまう。大切に思われているのを、感じたくないのに、どうしても伝わってくる。

「孤独はその時解き放たれました。」

　ユラは話を続けると、今度は柔らかい笑顔を浮かべて言う。

「たまらなく嬉しかった。」

　その笑顔は無邪気なのに、とても、とても綺麗に見える。ドキッとしてしまうほど。

　ユラは静かに本を閉じ、私を見つめた。その瞳を見た時、私はここにいるのに、強く自分の存在を感じた。なぜ私がここに存在しているのか、分かったような気がしたんだ。

　涙が出てしまいそうだったから、私はユラから目を離し、少しだけ上を向く。

「君の傷を癒すためなら、僕はどんなことでもするよ。」

　ユラに優しくされればされるほど、私は自分を疑う。何かをしてもらい、与えられる…けど私が何かをしてあげれるかといえばそうじゃない。

〝美〟に押しつぶされる。

　クレアは気づかないでいる。どれだけ自分がユラを救っているのかを。そしてユラが伝えたいのは正にその事だということも。

〝二人がユラを傷つける？　その前にどうして不安にならなかった？　私がユラを傷つけてしまうと…〟

私が誰かを大切にするなんてこと、できないの…。レナードのことだって…！　忘れてしまっていたのよ…！　どれだけ大切に優しくされたって、私は何もしてあげられないの！　傷つけることしか…。

期待させといて、後になってユラを傷つけるなら、今裏切ってしまった方がいい…！

目を見開いたまま、私は涙を流す。

次第にユラが嘘のように、その姿、形が薄れていく…。

「!?」

私の異変に気がついたユラは慌てて椅子から立ち上がると、私の腕を勢いよくギュッとつかむ。

「この物語にはまだ続きがある。」

涙目になっているユラの瞳を、私はぼやけた視界で見つめる。ユラは私を止めるために、私に考える時間を与えぬまま〝物語〟を話し始める。

「君が自由を求めて叫んだあの日、僕もあの場所にいたんだ。」

その言葉に私はとまどいを隠せない。驚きと不安で知らず目から涙が溢れる。私の手に力が入るほど、私の腕をつかむユラの力は強くなる。

「あの日、君も僕と同じ傷を持っていることを知って、君なら、僕の気持ちを分かってくれると思った。僕の孤独を…。」

涙が止まらず流れた。その時ユラも泣いていたから…。力の入ったユラの手から伝わる温もりに私は耐えられなかった。その手に、全てが込められている気がして…。

「君が僕を見てくれなきゃ、僕はどこにも存在しない。」

ユラは真っすぐ私を見つめ言った。その時、私はわかった。そしてユラは震える声を押し殺すようにして私に伝える。

「だからお願い…。僕を消さないで…。」

私は口唇《くちびる》を強くかみしめうつむき泣く。一瞬でも、ユラに背を向けてきた自分が悲しくて。

〝DELETE〟

何度も消してしまおうと思った。指一本で消去できる、簡単な事だと。それからしばらく深い悲しみと後悔に襲われるとしても…。けど、できなかった。ユラは決して消すことのできない存在だと気づいたから。私は知ったんだ。ユラを失えば、後に何が残るかを…。私は深くそれを拒んだ。空虚感を再び感じるには、今のユラとの日々はあまりにも残酷で、つらすぎると想うから…。

ウソ…、だったんだ…。誰も守れないなんて…。本当は守れてた…。傷つけるどころか、ユラを救えてた。そうか…。そうなのか…。

なんだ…。案外、簡単なんだ…。誰かを傷つけずに生きること…。

まるで嵐が通り過ぎた後のように、私の心の中は静けさに包まれている。暗雲だった空にやがて眩《まぶ》しい太陽が顔を出す。

私はそっとユラの胸に額を当てる。ユラの不安が消えるよう、私は言う。

「不安にさせてごめん…。もう大丈夫…。二度とこんなバカなこと想ったりしないから…。」

そう言った私の腕からユラの手がそっと離される。私はユラの体に寄り掛かったまま付け足しつぶやく。

「けど知っていて…。これから先、私がユラを傷つけるようなことがもしあるとしたら、少しでも私の心に不安を感じるようなことがあるなら、いい？　これは約束じゃない。いつでも私の前から消えていいんだよ…。」

ユラの優しさに私は強さを返した。

まだ震えの残る声でユラは言う。

「君を信じてる。」

私はそっと目をつぶり、

「ありがとう。」

と答えた。

「何も話してくれないというのは、悲しいな…。」

その頃二人は赤々と燃える暖炉の前で話をしていた。話というのは、クレアのこと…。

「前にも一度、あの娘《こ》の部屋のドアが誰もいないのに開いた事があった…。それからすぐあの娘は私達に〝天使を見た〟と…。」

その時のクレアを思い出しながら父は母に言った。

「あの時のあの娘の顔…。とても嬉しそうだった…。」

そう言って悲しい笑みを浮かべる母に、父は言葉もなく悲しい微笑みを返す。

〝結局、何も信じてあげていないな…〟

現実なのに、夢の中にいるような感覚。彼と初めて会った時、そんな感じがした。そう思うのも、さっきまで彼は私の中に存在していなかったからだ。

だが存在すれば、忘れていた天使の物語が頭を駈け巡る。ちりばめられていた記憶の破片はその時一気に集まり、一つの元の形に収まる。そして彼を見た瞬間に、

「君か…。」

前に一度会った事があるかのように、自然とわかるんだ。

忘れていると想われていた記憶は決して忘れ去られたわけではなく、私の中で音もなく静かに、それは眠っていた。

月明かりに彼の姿は照らしだされ、彼の瞳がじっと私を見ているのが分かった。彼がゆっくり近づいてくるのを見つめながら、私は信じてこなかった過去の言葉をその時信じた。

「〝見た目は人間と同じ〟。母の言った通りだ。」

私は思い出し笑いをしつぶやいた。

彼を見ても〝天使〟だとは声にしなかった。何度も脳の奥で〝天使だ〟とささやかれ、もう声に出して言ってしまっているような気がしていた。

彼は静かにベッドの上にいる私の横で立ち止まった。しばらく互いの瞳を見つめ合うと、私は彼に瞳の奥まで見据えられた気がした。そしてどこから聞こえてくるのか…、〝これは真実だ〟と何度もささやく声がした。

クレアの事を私は想った。まるで彼にクレアの事を話してと促され、導かれたように。彼の瞳のせいだろう。彼が求め、その瞳にむきだしに映し出しているもの。クレアだった。彼を動かしている源が、あの娘なら、彼がここへ来た理由は…。私に考えられるのはこれだけだった。

「あの娘を信じてやれなかった…。私を責めに来たのか?」

顔をしかめて言うと今度は苦笑いを見せ私は言った。

「有り難いがもう知ったよ。」

何も分かっていない親だと思われたくなかった。あの娘《こ》の気持ちを少し知っただけで、私はあの娘の全てを知ってるような口振りで言った。虚しい嘘だと分かっているが、私はそう言った自分を信じたかった。だが彼の瞳はそんな私の弱さを見つめ、私に物足りなさを指摘した。私のクレアへの理解は、まだ不十分だと…。
「彼女は外へ行きたいと…。」
その言葉は私の理解の不十分さを物語った。あの娘は、私達親に、レナード
にさえ言わない自分の望みを、彼には話しているのだ。あの娘は半分、その望
みを諦めていると思っていた。何一つ、口にしないものだから…。
私は彼の瞳を凝視しながら、彼の考えている事を悟った。
「君があの娘を外へ連れ出す?」
そう言った私に彼は何の迷いもなく、〝YES〟と答えたから、私は思わず呆
れて笑い声を出した。それでも彼は嘘のない、真剣な眼差しを変えなかった。
そんな彼に私は言った。
「君は…、あの娘の体の事を知った上で今の話をしているのか?」
彼の瞳に変化はなかった。その瞳に私は教えたかった。いくら望みがあって
も、それらを打ち破る要因があの娘にはあるのだと。
「あの娘は病気なんだ。」

最後には、逆らうことのできない〝病気〟に負ける。

「私達が想う以上に、あの娘にとって歩く事や外へ出る事は、体への刺激が強すぎる。あの娘の弱い体では到底ついていけはしない。発作を起こし、あの娘を傷つける結果になるのは目に見えている。」

彼はその時初めて、そう言った私から視線を反らした。そして視線を下に向けながら言った。

「僕は彼女を悲しませたくない。」

私は答えた。

「私達もそうだ。あの娘を悲しませはしない。」

〝クレア信じてくれるか？　お前を悲しませたくない気持ちは彼と同じなんだよ〟

「彼女はあの部屋に閉じこめられてる。」

違ったのは、彼のお前を見る視点だった。

〝閉じこめられている〟。そんな考えは私の中に一つもなかった。視線を下に向けたまま、彼は切ない目をして言った。

「あの部屋で、一日ベッドに座り外を眺めてる。」

彼のその視線の先には、あの娘が映っていた。

「けど何を見つめているのか分からない。動きがないから、息をしているのかさえ分からない。言葉にすることを忘れてしまっているから、自分がどうしたいのかも分かってなかった。自分の気持ちを上手《うま》く伝えられないで…。」

私はベッドから立ち上がると、部屋の中央にあるテーブルまで歩いた。そしてテーブルの上に置かれた家族三人の写真を手に取り、それを見つめながら私は彼に言った。

「あの娘が笑いながら大地を走る姿を見たことがあるか？」

写真の中の三人は、幸せそうに笑っている。

「自由を求め、自由を手にした瞬間、あの娘の自由は消える。一瞬にして病気が奪い去ってしまう…。あの娘から笑顔は消え、失望感だけが残る。…その時のあの娘の顔を？　…とても耐えられない。あの娘のあんな姿は二度と、見たくはない…。」

しばらく静かな時が流れた。

私は写真をテーブルに置き戻すと、話を続けた。

「あの娘は何度も意識を失って…。目を開いてくれるのかとても心配したよ…。あの娘が意識を取り戻すまでのあの時間、恐ろしいほど長く、辛い。」

私は苦笑いを見せると、徐々にその顔を強張らせ、独り言のようにつぶやいた。

「今まではその目を開くことができていた…。けど次は…?」

その言葉を何度も繰り返し自問していくうち、それははっきりと感じる不安に変わった。そして弱さが、浮き彫りになる。

「死んだらどうする…?」

今まで何度か感じても、絶対に口にしなかった〝死〟を、私はその時、脆《もろ》くも、あっけなく口にした。私の本音だった。

そんな私の心を奪う声が彼から聞こえたのは、それから少ししてからだった。

「彼女は死んでる。」

たったその一言で、私の感情は流され、解けかけたパズルの答は再び遠のいた。答を見つけるため、問題を何度も読み返していた、その途中で、彼の声がした。

「肉体が滅ぶことが本当の死じゃない。本当の死は、自分を見失ってしまった時、魂を失くしてしまった時。彼女が自由を求めて死ぬなら、その死は決して無駄じゃない。結果はどうなろうと、彼女はその一瞬を生きれる。」

彼の言葉に後押しされるように、私は過去を思い出した。深い霧の中を、私は一人歩いていく…。


「人は死ぬとどこへ行くの?」

昔、あの娘は何の前触れもなく、ふと私に尋ねた。私はその突然な質問に、こう答えた。「わからない。死んだ者にしかわからない所だ。」と。それからしばらくあの娘は何かを考え、私にこうつぶやいた。

「ここと変わらない所よ。…きっと…。」

あの娘はベッドの上にいて、その時窓の外をぼんやり眺めていた。

あの娘は死を、あの部屋の中で見つめていた。死は遠い世界ではなく…。

〝分かる!? 私が望んでいるのはコレだって!!〟

あの日、あの場所で、あの娘は叫んだ。お前は私達に、〝生きたい〟と叫んでいたんだ…。それはお前が私達に一度しか言わなかった、お前の本当の心の叫びだった。

〝私、天使を見たの。本当よっ、本当に天使を見たんだから〟

〝天使を見た〟とあの娘は喜んで私達に伝えた。それから数日後、あの娘から笑顔は消えていた。私はあの娘を気遣い言った。

「天使はどうした?」

あの娘は元気のない声でこう答えた。

「いなくなっちゃった。もう…、ここへは来ないよ。」

それ以上あの娘は何も言わなかった。

『あの娘が本当にお前達から信じてもらえてると思っているとでも言うのかい？』

天使がいなくなってしまったとあの娘が私達に話したその日の晩に、母が私達に言った。あの娘は母にだけは天使の事を全て話していた。母は言った。

「あの娘はバカじゃない。お前達が聞いているフリをしているだけだってことぐらい知っているよ。」

私達に話さない理由は正にそれだった。私達はあの娘の言葉を信じようともせず、子供扱いした。

〝天使〟は夢。幻。現実ではない。そう思っていた私達には、信じろと言われて信じられるような話ではなかった。天使を信じている母を、私はあざけるようにして笑った。だが母は真剣だった。だからあの時、あの娘のためだけでなく、私達のために母は怒りを見せ言った。

「よくお聞き!! あの娘は自分の病気やお前達が与えた先入観で天使を失ったんだ! 優しくされることに慣れていないんだよあの娘は。だから天使の優しさも疑った。いつの間にかあの娘には人の心を見抜こうとする癖ができてしまってる。きっと心のどこかに〝嘘〟があるだろうと想ってね。それにあの娘は自分を無意識に責めてる。あの娘は優しい子だよ。だからこそ、いつだって誰かに気を遣い、傷つけないように人を遠ざけてしまうんだよ。自分という、凶器からね…。分かるかい? あの娘は自分が存在しているだけで、誰かを傷つけていると想っているのだよ。」

〝クレアの失望した顔? それってあんた達がクレアに向けた表情なんじゃない?

クレアはあんた達が見せた表情に失望したんだ!〟

まさか私達の重荷になっているとでも思っているのか…? クレア…。

「あの娘はね、誰かから大切にされる事が怖いんだよ…。」


なぜ何も話してくれないんだ?

話してどうなるの?　信じてくれるの?

お前を無口にさせたのは、お前を信じてやれなかった私達がいたからだ。お前から笑顔が消えてしまったのは、その喜びを、私達が分かってやれなかったからだ。

あの娘はもう一度話してくれるだろうか?　私達に、〝天使を見た〟と…。


私は霧の中から外へ出た。

まるで天使に魅せられていたような過去の記憶から、現実に戻った私は、天使の顔を見つめ言った。

「あの娘が君に、全て話すわけだな…。」

そしてまた視線を反らした。あの娘を理解した分、現在《いま》を不安に思う気持ちが増した。何年もの間放っておいて、今になって、気づいたからと言って、全てを取り戻すのは、簡単じゃない…。

「あの娘に、〝愛している〟と、言われる自信がないよ…。」

そう言った私に、彼はぽつりと言葉を返した。

「クレアもそうです。」と。そして付け足し言った。

「彼女は二人を愛しています。愛しているから、不安なんです…。」

彼は涙目になっていた。私はそんな彼を、とても羨ましく思った。あの娘を想う気持ちが内面だけに収まらず、外に溢れ出ている。それを無理に押し込めもせず、自然な形で自由にその気持ちを大切にしている。

なぜ彼のように、私も生きられなかったのか…。

お互い言わなければならない言葉だった。いつ、どこで、どんな時でも、たった一言、〝愛している〟と…。

「失望させたかい？　信じることをしない私に…。そんな人間に…。…信じることは、もっと簡単なはずだった…。」

気がついた時には、信じる心は失くなっていた。失くした理由も、今となっては思い出せない。知らぬ間に失っていた。風に吹かれ、指のすき間からこぼれ落ちる砂のように…。

けれど私は、彼の言葉に救われた。

彼は少し微笑んでいるような表情をして私に言った。

「失望なんてしません。なぜなら、〝信じない〟なんて、嘘だから…。」

その言葉には希望があった。そしてそれは本来人が持っていたものだった。無邪気な心を持つ、何も汚れを知らない無恥のままの、あの頃の私達にはあった…。

〝信じない〟という言葉を、彼は信じたくはないようだった。どれだけ不信心で包まれていても、十分の一でも、百分の一でも、少しでもその者の心に信じる心が見えたなら、彼はその信じる心を信じる。それが真実だと想って。

翌日の朝、父はクレアにこの事を全て話した。二人からはいつものように、〝仕事に行ってくる〟と言葉を掛けられる。父の言葉がある直前までクレアはそう想っていた。

だから二人の言葉を最初信じられなかった。心臓が激しく胸を打ちつける。けどその時、確かに私の中で、何かが柔らいだ。

ベッドに座り、父は私の力の入った手をそっと握る。

「すまない。」

父は私に言った。私が悪いのだと想っていた…、その言葉で許された気がした。

「辛かったろう…?」

無言でいる私に父は悲しい顔をして言った。悲しみに溺れそうな表情を浮かべたり、少し、苦笑いを見せたりして、父は、自分でもどうしていいのか分からないみたいだった。必死に、私に言う言葉を探してるみたいだった。そして父が言った言葉は、

「言いたい事がたくさんあるだろう？　〝馬鹿〟でも、〝ひどい親〟でも、何でもいいよ。何か言ってくれ。」

私に嘆いた。父が自分をひどく責めているのがよく分かる。私の手に力が入る。

「そんなこと…。」

私はうつむきつぶやいた。ぐっと体に力が入る。私は二人に正直な気持ちをぶつけた。

「どうして私の気持ちをわかってくれないんだろうって思ったりした。どうして私と一緒にいてくれないんだろうとも思った。二人を、嫌いになった事も…。けど、ひどい親だなんて思ったこと一度もない。嫌いになったけど、許せないなって、思ったことあるけど、本当に二人を嫌いになったことなんてない。」

私はシーツをぐしゃっと握りしめる。

「いつだって私は二人が好きだった！　だから二人に必要とされてないのが怖くて、不安で仕方なかった…！　大好きだから…、二人に嫌いになってほしくなくて…。」

私はうつむいたまま泣いた。そんな私の体がさっと包み込まれるように抱きしめられる。

私を抱きしめたのは母だった。母は泣きながら私の耳元で強く言った。

「あなたが必要よ。…わかる…？　あなたが大切なの。愛してるのよ…。」

声の震えと、涙を必死にこらえて私に伝えた母の言葉。他の人が今の母と同じ言葉を言っても、きっと母のようには聞こえない。こんなに、私の心を解き放せはしない。こんなに、私の心を温かくはできない。

〝愛している〟。言われて気づく。〝ああ、私が欲しかったのはこの言葉だったのか〟。

父は涙目になりながら、母と私を見て微笑む。

母に抱きしめられながら、私はユラを見た。ここにはいないけれど、この時、私はユラと同じ位置に立てていた。

「お父さん…。お母さん…。」

私にはもう、恐れることなど何もない。

母は私から体を離すと、私の顔を見つめる。私は満面の笑顔で二人に言った。

「私、外へ行きたい。」

その後父から聞いた。この時の私の表情が、ユラと似てたって。

第七章　その続き…

部屋の窓から見える大きな木の下に、ユラがいるのが分かる。三年前、私は自由を求め、あの木の側で叫んだ。

その日叫んだ声は誰にも届いていないはずだった。けれどたった一人だけ、彼女の声を聞き、心にしまっておいてくれた天使がいた。その天使はいつの日か、その子の願いを叶えてあげようと、心の底から願った。

「ユラの所へ行っていい？」

窓からユラを見つめながら私は二人に言った。そして二人を振り返り見る。母が静かに首を縦に振るのを見ると、「ああ。行っておいで。」と、母の隣に立っている父から声がした。私は二人に笑いかけ、「ありがとう。」と言うと、足早にユラの許へ向かった。

その途中、私はレナードにこの喜びを伝えたくて、レナードの部屋に寄ってみる。

部屋に入ると、レナードは一人静かに花に水をあげていた。

「レナード。」

私が声をかけると、レナードは私のほうを振り向き、「クレア様。どうなさいました？」と、突然私が来たものだから、少し驚いた顔を見せ言った。もう何年も、私がレナードの部屋に入る事なんてなかった。けどあれから何年も経っているのに、レナードの部屋は昔とどこも変わっていないから驚いた。あの日のまま、どこか温かさが漂う。

私は微笑んで言う。

「私、今から外へ行って来るの。」

レナードは目を丸くし私を見る。

「もういつだって行けるの。外に…。この事、レナードに伝えときたくて。」

二人の前でみたいに、あまり感傷的にならないでおこうと想っていた。けれどやっぱり、レナードの前だとそうもいかない。隠せない。

レナードは私を見つめ微笑みを浮かべる。そして、「そうですか。それは良かった。」と言うと、それから何度も〝良かった〟と繰り返し言った。涙目になっているそんなレナードは、もしかしたら私より喜んでくれているのかもしれない。そう感じた時、私はあの日果たせなかった事を果たそうと思った。いつかレナードと一緒に、外へ出掛けよう。もう誰も、それを咎めたりはしない。

〝私は待ちます。クレア様が話して下さる、その日まで〟

いつ、話そうかと想ってた…。本当はそれを言いに、ここに来たんだ。

「レナード…。」

「はい？」

「私、レナードに話さなきゃいけない事が…。」

そう言った私にレナードは背中を向けたから、私は言葉を止めた。レナードは私に背を向けたまま言う。

「話されるのは、お辛いでしょう？」

私の胸がじーんと熱くなるのが分かる。実はそうだから。けどレナードが話して欲しいと言うなら、たとえ辛くても私は話すつもりだった。

「だからもういいのです。今、クレア様が幸せなら…。」

レナードは私の気持ちを悟り、苦い過去を私から遠ざけてくれた。

私はレナードの背中をじっと見つめる。

「ありがとう。」

今の事だけじゃない。これまで私にしてきてくれた事全てに対して、私はレナードに感謝の言葉を贈る。レナードはそんな私の気持ちを分かってくれて、そっと振り返ると、無言で私に微笑んだ。


「あの娘なら大丈夫だよ。信じてあげようじゃないか。あの娘の親なのだから。」


私はゆっくりと大地に足を乗せる。

前に大地に立った時とは喜びが違う。あの日の喜びは、その時だけのもので、いつか終わりが来るのを分かっていた。だから恐怖心もあった。けれど今は、迷いも恐怖もない。限りのない自由が目の前に広がっている。

私は大きく深呼吸する。

一歩一歩確実に足を前へ運ぶ。その足取りは軽く、胸も躍る。目的地がはっきりと目の前にあるからだ。だから遠くに感じた木に辿り着いた時、想ったより距離は短く、早く着いた気がした。それに前に見た時より、木は大きく、立派に見えた。

ユラは木陰で木にもたれかかりながら居眠りをしていた。その姿は自然と調和している。私はしゃがんでそんなユラの寝顔を見つめる。するとユラが目を覚まし、うっすらと目を開ける。目の前に私がいると分かると、ユラは無言で私に微笑みを見せる。私も笑った後、

「ありがとう。ユラ。」

と少し涙目になりながら言った。

「良かったね。」

そう言われて、一瞬ユラに抱きつきたい衝動に駆られる。

木にもたれかかって私は空を見上げた。どこまでも広がる空は、とてもきれいで、透き通った水色をしている。

「知らなかった…。空がこんなに青いなんて…。」

空を見上げながらぽつりと私は言った。そんな私をユラは見ると、私と同じように空を見上げる。しばらく二人で空を眺めていると、思い出したようにユラが言った。

「翼の傷が治ったんだ。」

私が翼を見てみると、本当に傷はすっかり良くなっていた。この前まではまだ出血もしていたのに、回復の早さに驚いた。と、そう思った瞬間、私の胸裏を〝まさか〟という言葉が通り過ぎる。ユラの顔を見た時、それは確信に変わる。ユラは言う。

「クレアのお父さんが治してくれたよ。」

私は目を見開きその言葉を聞く。私は父をそんな風に見てなかった。想像していたのとは、全く違ったユラへの対応だった。

「僕の傷を見て〝ひどいな〟って。僕は大丈夫って言ったんだけど、彼は〝人間が与えた傷は、人間の手で治さなければいけない〟、そう言って、僕の傷を治療してくれた。おかげで痛みが消えたよ。」

ユラはにっこりと笑う。

私はしばらくぼーっとしていた。私は父を誤解していたと分かった。父は、私が想っていたよりもっと…。

頭の整理がつくと、私はユラににっこり、微笑み返す。

「けど凄いよね。一瞬で治しちゃうなんて。」

ユラがそう言ったから、私は話した。

「二人は獣医なの。」

ユラは驚いた顔をする。初めて二人の仕事の事を誰かに話した。前までは、二人の仕事の事を、こんなに誇らし気に話せるなんて、想ってもみなかった。

「有名な医者なのよ。病気だったり、ケガをした動物がいると聞けば、世界中どこへでも駆けつけるわ—〃なんだろう…？　二人のことを話すの、とても嬉しい〃—忙しいのも無理ない。それだけたくさんの命を救ってるのよ。」

〃私、今、すごく二人を好きだってこと、自然に伝えてるのかも〃

私は嬉しかった。ユラに二人を好きだと言えることが。それを分かってもらえることが。


その日の夜、二人で話し合って、外に出掛けるのは明日の朝に決まった。

ユラに〝おやすみ〟を言ってからも、私は明日が待ち遠しくて眠ることなんてできなかった。考えただけで興奮が止まらない。床で眠るユラを起こさないように、今にも笑い出しそうなのをこらえるのに必死だった。

そして朝が訪れる。

ユラが目覚める頃には、私の仕度は全て整っていた。

「それじゃぁ今日は気をつけて行ってくるんだよ。無茶はするな。」

父と母とレナードが玄関で見送りをしてくれた。父は少し落ちつかない様子だった。

「大丈夫。楽しんでくるから。」

車椅子に乗りながら私は笑顔で言った。母は私を抱きしめて、軽く右頬にキスをする。その様子を、ユラはじっと見つめていた。

「ユラ様も…、抱きしめてもらいたいのではないですか？」

ユラの横で立っているレナードがぽつりと言った。ユラはぎこちなく視線をゆっくりと私からずらしていく。図星だった。そんなユラの前に母はそっと立ち止まると、ユラの体を包み込むように抱きしめる。

「…!?」

ユラは目を大きくして、自分の体がじんと熱くなるのを感じる。

「気をつけて。」

ユラの耳元で母が優しくささやいた。するとユラの表情はその時、和らぐのであった。

こうしてクレア様は、ユラ様と一緒に、夢を叶えに森へと向かわれたのです。

第八章　乗り越えて

それは家に戻ろうとする時だった。巨大な雲が次第に空を覆い隠すと、太陽の光をさえぎり、辺り一面を暗くした。

「雨が降る…。」

ユラがつぶやいた直後に、雨が激しく降り始める。ユラは私の体に震動が伝わらないように、走ることなく車椅子を押し先を急ぐ。

雨は強さを増し、二人の体をことごとく打ちつける。

「雨が止むまで待たない!?」

雨の音で声が絶たれそうだから、私は大きな声でユラに叫んだ。ユラの返事はすぐに返ってきた。

「ダメだ。すぐにこの森を抜けなきゃ。この森は夜になると気温がぐんと下がるんだ。じっとしてたら帰れなくなる。それにこの雨は止まないよ。」

そう言ったユラの表情は真剣でいて冷静だった。ユラのそんな姿が私を緊迫させる。ユラははっきりとは言わなかったけど、ここで死を感じてもおかしくないんだよね？

どのくらい進んだのだろう？　どこを見てもさっき見た景色と一緒に見える。同じ場所を何度も通っている気がする。私にとってここは迷路。ユラだけが出口を知っている。

霧がかかりだしてまだ間もない。しかし確実に視界は狭くなっている。目の前にあるものさえ分かりづらく、先へ進むのが困難になった。その時、車椅子が石に乗り上げ、私と車椅子はそのままバランスを崩し横に倒れてしまう。

「大丈夫!?」

ユラがすぐに駆けつけ私に声をかけた。

「大丈夫。」

私が笑って答えると、ユラはほっとした表情を浮かべる。次に二人が車椅子を見た時、二人は倒れた衝撃で車椅子が壊れてしまっている事を知る。二人はしばらく車椅子を眺めていると、

「壊れちゃった。」

ユラはあどけなく私を見つめ言った。私は苦笑いした後、不安気な表情でユ

ラを見つめる。

「歩ける？」

ユラは私に聞いた。私がこっくりとうなずくと、「大丈夫。帰ろう。」と言って力強くユラは立ち上がる。私もユラにつられて立ち上がる。

途中で出口は見つからないと弱気になる私の手を、ユラはぎゅっとつかんでぐいぐいと引っ張っていく。

「俺が出口を知ってるんだろ？」

「!?」

幻聴だったのか、私の手をつかみ前を歩くユラの背中から突然声がした。はっと気が付いた時、私の手は、ユラにしっかりと握られていた。

ここは迷路。いつか終わりは来る。

さっきより雨は弱まっている。

ユラは少し歩いては後ろを振り返り、私の様子を窺《うかが》う。私が少しでも疲れた素振りを見せれば、ユラは足を止め、私を笑わかす話をしてくれた。そのおかげで私の心と体は随分助けられた。本当なら今頃は、発作を起こしていてもおかしくない。

おかしくない…。限界は必ずやって来る。早いか、遅いかだけだった。避けては通れない…。

つないだユラの手がぐいっと引っ張られるから、ユラは後ろを振り向く。そこには地面にひざまずき、呼吸を荒くしている私がいた。ユラは慌てて、鞄から緊急用だと父から渡されていた薬を取り出す。

「クレア。薬！　さぁ飲んで。」

目の前に差し出された薬を、私はぼやけた視界で見つめる。そして、「要らない…。」と、私は首を大きく横に振る。

「何言ってるの!?　こんな時に！」

ユラはそんな私を叱った。誰でもユラのように言うだろう。父でも母でも、レナードでも、ここでこうしてる私を見れば…。だから私は一生懸命自分の気持ちをユラに伝えた。

「ダメなの…。今飲めば…、私は病気に負ける…。勝たなきゃだめなの。こんな病気に負けてしまってる自分と、戦わなきゃだめなの！」

病は私の心の弱さを知っている。私が負けることを知っている。その考えを、私は心を強くすることで、負けないことで、壊してやる。二度と、私の弱点を捜し出せないように。

ユラはしばらく私を見つめる。ユラにも、厳しい判断だろうと想う。けど、私の気持ちをちゃんとわかってくれるから。

「だったら早くしたら？」

「ここで待っててやるから…。」

そう言ってくれたことが嬉しくて、私は一瞬、苦しみを忘れ、満面の笑顔を浮かべる。

クレアはその後苦しみ抜き、この勝負に見事勝ってみせた。その頃には雨は上がっていたが、辺りはもう薄暗く、気温も大分と下がっていた。そして何より、クレアの体力が限界を迎えていたのだ。立つ事さえ、できなくなっていた。

「ごめん、ユラ…。私のせいで足止め食っちゃったね…。」

私はユラに言った。そして心の中で強く思った。ユラを巻き添えにしちゃいけないと。これ以上ユラの重荷になりたくなかった。

「ユラ。先に帰って…。私は後から行くから…。」

そう言った私の息は白い。

〝後から行く〟なんて嘘だ。わかっている。私のせいでユラを死なせはしない。

するとユラが無言で立ち上がる。私は帰るんだと想った。そしたら急に、何かをひきちぎるような鈍い音がして、私は顔を上げ、まだそこに立っているユラを見る。

「!?」

私は恐ろしさに出す声もなかった。ユラの白い衣は、真っ赤な血で染まっていた。

「な…にを…?」

ユラの足元には、翼が捨てられている。ユラは私の前で背を向けしゃがむ。

そして少し私の方を振り向くと、

「これで負んぶできるでしょ？」

〝!?　そのために!!〟

そう言って、ユラはにっこり笑った。

ユラは私が病気と闘っている時に、私がこうなる事をすでに分かっていた。そのために、翼を失う事も頭の中にあった。私に、〝待っててやる〟って言ってくれた時も、ユラの頭の中には、自分の翼を捨てる覚悟があった！

私は自分がやるせない!!

「いいよ…。いいよっそんな事しなくても!!　私ちゃんと歩けるから…!!…。」

私は泣きながら声を震わせ言った。ユラは切な気に笑って言った。

「僕に翼があればなって想ったんだけど…。」

それは初めてのユラの後悔だった。

ユラにそれだけの傷を負わせといて、私はのうのうとそれでも足りず、ユラに甘えたりするのか…？私の体より遥かに傷が深いこの背に、顔をうずめろというのか…？　そんなこと、できるはずがない。

「自分の体を無駄にしないで！　私なんかのために自分を傷つけたりしないでよ…!!」

ユラの姿を見るのが怖かった。地面に両手をついたまま、うつむき私は泣く。そんな私の目に、差し出されたユラの手が映る。私はゆっくりとユラの顔を見上げる。するとユラは、

『一緒に帰ろ』

いつものように、柔らかく私に微笑みかけていた。

天使というのは、人間の見ていないうちに、いつもこんな風に人間を守っているのだろうか？　この時ばかりは、天使が見えない人間を、羨ましく思った。

ありったけのその優しさに、応えるのは難しい。

ユラは私と一緒に家に帰ることを望んでいる。ただそれだけなんだ。だったら私は、その気持ちに背を向けちゃいけない。これは甘えじゃなくて、ユラに

対する歴《れっき》とした答え方なんだ。

私は笑顔でユラに言った。

「ごめん。…負んぶよろしく。」

ユラはにっこり笑顔を返す。

私はユラに負んぶされ、家へと向かう。

「つらい?」

私が尋ねると、ユラは、

「大丈夫。心配しないで。クレアは眠っていいよ。」

と言葉を返した。私は「うん…。」と言いながら、ユラの肩に顔をうずめる。

私は妙に安心しきって、そのまま眠ってしまった。

眠る私を負《おぶ》いながら、ユラは着実に家へと近づいて行く。そんな時、森の中から誰かのささやき声がユラの耳に聞こえてくる。

〝人間と仲良くしている天使がいるぜ…。見ろよ。人間を助けたいのか?　放っとけよ。人間なんて…。人間と関わるのはよせ…。裏切られるぜ…〟

それはこの森に棲む天使達の声だった。彼らはまだ人間を許してはいないのだ。ユラはその声を聞いても、何一つ言い返すことをしなかった。黙ったまま家へと向かう。


屋敷では帰りの遅い二人を、今か今かと三人は待っていた。そこへ、二人の姿が父と母の目に飛び込んでくる。

「クレア!!」

母が叫ぶ声にレナードも気づき、落ち着かない様子で森の方を見つめる。父と母はすぐにクレアの車椅子がないことに気づき、不安気な表情を浮かべた。そして父と母は駆け出し二人の許へ向かう。まだ霧があるため、父と母は二人の姿を見失い、足を止め辺りを見渡す。それからしばらくして、二人が霧の中から父と母の前に姿を現した。

「なんて事だ…。」

二人の姿を見て父と母はショックを受ける。二人は雨でびしょ濡れになっていて、全身泥まみれでかすり傷をあちこちにつくっていた。

「クレアを…。」

ユラは弱々しい声でつぶやいた。母は急いでクレアを抱き寄せる。

「!?」

二人は声を失う。クレアの服はユラの赤い血で染められていた。

「クレアを早く中へ…。」

父の声に母ははっとしてクレアを中へ連れていく。ユラは疲れ切った体を必死にこらえ、その場に立っているようだった。父はそんなユラをじっと見つめる。

「娘を…、守ってくれたんだな…。ありがとう。」

父が言った。その言葉を聞いてユラの体は力が抜け、よろめきそうになる。その体を父がさっと抱き上げる。

「…。」

ユラの体はぐったりと、父の体にもたれかかる。父はユラの背中の傷を間近に見て、急いでユラを屋敷に連れていく。屋敷の入口で父はレナードに言った。
「ひどい体だ。早く傷の手当てを。それと体を温めるものを用意してくれ。」
父にかつがれベッドに向かうまでの少しの間に、ユラは意識を失った。

〝レイス…。僕は今…、自分が天使なのか…、それとも人間なのか…、分からないよ…。この人達は…、僕が天使であっても…、まるで人間のように僕に接してくれるから…。

僕達天使が恐れている世界とは無縁の場所を、見つけたんだ〟

最終章　始まり

それから私は丸一日眠った。目が覚め、辺りを見渡すと、棚の上に手紙が置かれているのが目につく。私はその手紙を手にとる。手紙には父の字でこう書かれていた。

〝すまないクレア。急に仕事が入って、どうしても行かなくてはならなくなった。お前の元気になった姿を見れなくてとても残念だ〟

少し行が空いて、

〝心配するだろうから言っておくよ。ユラなら母の部屋にいる〟

この手紙を読み終えると、何だかおかしく思えて私はクスクス笑ってしまう。父が私に手紙を書くなんて今まで一度もなかったし、その文からぎこちなさが伝わってきて、それが父らしく思えたから。

初めて父から仕事を、〝逃げ場〟じゃなく、〝働きに行った〟と感じる。

私は早速ユラの許へ向かう。〝母の部屋〟というのは、つまり私の祖母の部屋で、亡くなってからも部屋の中はそのままにしてある。思い出のつまった部屋だ。

祖母の部屋の前で私は立ち止まる。何年振りにこの部屋のドアをノックするだろう。妙に緊張しながら、私はドアをノックしようとした。すると部屋の中から、ユラでない誰かの話し声が聞こえてくる。私はドアの隙間から中を覗《のぞ》き見る。

「愚かな姿だね…。翼のない天使は…。それでも…、天使でいるつもり…？　君をそんな姿にしたのは…、人間でしょ…？　憎く想うよね…？　いいんだよ…別に…。人間を憎むことなんて簡単だから…。」

まるで、悪魔のようなささやき声だった。人間を憎んでいる、邪悪な心を感じる。

彼は以前、キャロックに仕えていた二人の使者のうちの一人。ペルソナの弟にあたる。

「掟を失くしたのは…僕の兄だから、黙って従ってるけど…。僕自身は、兄のように…、君や…、あの男を…、許したりしないから…。死ぬべきだったんだよ…あの時…。」

「⁉」

ユラの表情が歪《ゆが》む。彼がユラの傷を知って強くつかんだんだ。その拍子に私は部屋の中へ入る。部屋の中は重い空気に包まれていた。祖母の部屋に違いはないのに、この部屋は今、彼の色に染められている。

〝息苦しい〟

彼は突然入ってきた私を見る。そしてユラからゆっくり手を離すと、目を細め、私に微笑みを見せる。

「あんたも…、こんな醜い天使なんて見たくないでしょ…？　どっちみち、裏切るんだから、今がいいチャンスじゃない…？　言ってあげなよ…。〝お前なんかもう要らない〟って。」

私の表情は強張る。この人は、ユラを憎んでいる。ユラを傷つけたいと思っている。ユラの苦しむ姿を見て、笑っているような人だ…。

けど…。この人からは…、深い悲しみを感じる。この人は…、昔の私と同じだ…。

心のどこかで淋しいと感じている。
言葉にできないのは、
人間を好きだから。
淋しいと口に出して言っても、
人間の返事は何もない。
冷たくされて、
ただ自分の前を通り過ぎていく。
〝淋しい〟
そう言っても、
その淋しさを、
埋められないことを、
彼は知っている。

人間の拒絶が怖くて、 憎むことで人間から逃げてるんだ。

「人間のお前には分からないだろう…？　裏切られた天使の気持ちは…。」

彼は少し視線を下に向け言った。

「なのに…、なぜ天使といるの…？　許されてるなんて…、想ってないよね？」

彼は私をじろりと見る。

「いつでも天使は人間を恨み、憎んでいることを、分かってる？　たとえお前が天使を信じても、天使は人間を憎んでるよ？　お前を憎んでる。そのくらいお前達は僕達の心を傷つけたんだ…。」

次の瞬間、彼は目を見開き私に言った。

「信じたいのにもう二度と信じられなくなってしまった…！　お前にその気持ちが分かるか!?」

〝憎んでる〟と言われて、私は…、動けなくなった。誰でも本当は私を嫌っていると、過去に想っていた感情とダブって聞こえてしまったから。忘れられていた恐怖心がその時蘇《よみがえ》って、私は異常に彼の言葉にびくついた。体中が猛スピードで震え上がる。目を見開いたまま、彼から視線を反らせないでいる。そんな私の視界をさっとユラが塞いだ。その拍子に私ははっと縛られていたような体から解放される。私を彼から守るように出されたユラの腕。それを見る彼はなおさら気が立つ。ユラをじろりと見下ろし見る。

「お前さえいなければ…。」

彼は憎しみをぐっとこらえるような口調でつぶやいた。

「いつまでそうしてるつもり…？　いつか…、裏切られるって言ってるだろ…！　人間を好きだ好きだって、甘い事言ってる場合じゃないでしょ…？」

彼はぐっと歯を食い縛る。

「何でいつもそうやって、僕の邪魔ばかりするの…？　どうして僕の行く手をはばみ、狂わすんだ…？」

憎しみと、何だか少し、悲し気な感情を表情に表す彼だが、次の瞬間、無表情になる。彼は冷ややかな目でユラを見た。

「お前が人間を大切だというなら、僕はその人間を壊してやる。お前の心がズタズタになるのを見て、僕は笑っているよ。」

彼はそう言った後、私をじろりと見る。

「!?」

ユラは彼のしそうな事を感じとり、とっさに彼の体を押さえる。

「お前の…、そういうところが憎いんだよ…。」

彼はユラの傷口を力一杯つかむ。ユラはその痛みに声を上げるが、彼は押さえ込む手を引かなかった。傷口は再び開き、巻かれた包帯は血で赤く染まる。

ユラの姿を見て私は彼の体をガバッとユラから押し放す。

「!!」

彼がじろりと私を見るうち、私は彼に言った。

「ごめんね、優しくできなくて…。」

「!?」

「素っ気なくしたりして…。

けどもう大丈夫。大丈夫だから。怖がらなくていいよ。」

〝お前が憎いんだ…。この手を、お前から離したくないのに…。なんで…。こんな人間の言葉で…。力が抜けてく…。

お前をこれほど強くつかんだ僕の手が、放れていく…〟


お願い…。僕に冷たくしないで…。

僕を置いてかないで…！

僕を傷つけたりしないでよ!!


〝何で分かったの…？　僕の弱さ…〟


まるで、〝怖い〟と想ってはいけないみたいだった。〝淋しい〟と、感じてはいけないみたいだった。自分の心に嘘をついて生きている。分かっていた。けどそうでしか生きられなくて。それなのに、何度も、

〝どうやって生きていけばいいの…？〟

気がつくと心の中でつぶやいて…。

そんな時、僕の前でユラは言った。僕の心はひどく揺さぶられた。

なんで…、僕には言えない言葉を、
人間を好きだなんて。

いとも簡単に口にしたりするんだ…?

僕は人間を憎む事しかできなかったのに…。

人間を愛することを止めないで、自分の心に正直に生きるユラが、憎く想えた。けど本当は…、羨ましくて仕方なかったんだ…。

人間を憎む度、僕は自分らしさを失っていっている気がした。僕の今の姿は、本当の僕の姿じゃない。

本当の僕を、見つめてくれる誰かを、僕は求めていた…。そして…。

彼は顔を上げ、私を見つめる。そして悲し気につぶやく。

「どうして僕の前に、君みたいな人間がいてくれなかったんだろう…？——もっと早くに会えていたなら……。」

彼はまたうつむいた。ユラをつかんでいた手は、今弱々しくベッドの上に置かれている。

〝怖いの…。誰かに認めてもらえないと…。自分の好きな者から、大切に想われないと…。一人じゃいやだから…〟

私は彼に手を差し伸べる。

彼は目を見開き、ゆっくりと顔を上げ私を見つめる。私は彼にそっと言った。

「そんなに淋しかったなら、ここに来れば良かったのに。」

「!?」

「そしたらもっと早くに、友達になれてたよ。」

僕はいつでも一人でいる気がしていた…。突然人間《友達》を失って、どうしていいかも分からなくて…。人間と一緒にいるユラを見る度、僕はユラに自分を重ねて見ていた。そうしたら、僕の心は温かくなったから…。

そう…。今みたいに…。人間のそばにいると、僕の心は穏やかになる。

〝そうやって僕を迎えてくれるの…？　温かな手で…。

僕は…、「淋しい」と…、言って良かったの？〟

彼は私の顔を不安気に見つめ言った。

「ここにいていい…？」

私とユラは、笑顔で彼を迎え入れた。そして彼は、徐々に硬い表情を、柔らかく崩していった。

〝笑ったのって、何年振りだろ？〟


好きなものを好きと言えたなら、どうしてこんなに気持ちいいんだろう…？

〝笑っていたい〟

誰かのそばにいて、微笑んでくれるだけで、どうしてこんなに心は休まるんだろう…？

〝自分らしく生きている証《あかし》が欲しいよ〟
そしてなぜ、優しくなれるんだろう。

著者プロフィール
文月　加代（ふみつき　かよ）
奈良県出身。2001年、執筆活動開始。
同年、第1作「ノー・エンジェル」を完成。

ノー・エンジェル

2002年8月15日　初版第1刷発行

著　者　文月 加代
発行者　瓜谷 綱延
発行所　株式会社 文芸社
〒160-0022　東京都新宿区新宿1-10-1
電話　03-5369-3060（編集）
03-5369-2299（販売）
振替　00190-8-728265

印刷所　株式会社エーヴィスシステムズ

ISBN4-8355-4283-5 C0093